U0101839

VOICES FROM SHANGHAI:

JEWISH EXILES IN WARTIME CHINA

上海之声

二战时期
来华犹太流亡者的心声

[以色列] **伊爱莲**(Irene Eber)　编译

宋立宏　丁　琪　张鋆良　　　译

浙江人民出版社

图书在版编目（CIP）数据

上海之声：二战时期来华犹太流亡者的心声 / （以）
伊爱莲 (Irene Eber) 编译；宋立宏，丁琪，张鋆良译．
—杭州：浙江人民出版社，2022.7
ISBN 978-7-213-10623-1

Ⅰ．①上… Ⅱ．①伊…②宋…③丁…④张… Ⅲ．
①世界文学-现代文学-作品综合集 Ⅳ．①I11

中国版本图书馆CIP数据核字（2022）第087205号

浙江省版权局
著作权合同登记章
图字：11-2020-293号

VOICES FROM SHANGHAI: Jewish Exiles in Wartime China

Edited, Translated, and with an Introduction by Irene Eber

Licensed by The University of Chicago Press, Chicago, Illinois, U.S.A.

上海之声——二战时期来华犹太流亡者的心声

［以色列］伊爱莲（Irene Eber） 编译 宋立宏 丁琪 张鋆良 译

出版发行：浙江人民出版社（杭州市体育场路347号 邮编 310006）

市场部电话：(0571)85061682 85176516

责任编辑：汪 芳

营销编辑：陈雯怡 陈芊如

责任校对：姚建国

责任印务：程 琳

封面设计：秦 达

电脑制版：杭州大漠照排印刷有限公司

印 刷：杭州富春印务有限公司

开 本：880毫米×1230毫米 1/32 印 张：6.75

字 数：147千字 插 页：6

版 次：2022年7月第1版 印 次：2022年7月第1次印刷

书 号：ISBN 978-7-213-10623-1

定 价：58.00元

如发现印装质量问题，影响阅读，请与市场部联系调换。

犹太难民的小巷与星空

——中译本导读

中国是远东地区唯一一个犹太人连续生活了千年的国家。[①]从19世纪末起，散居中国的犹太人开始吸引国际学界的持续关注。在过去二三十年里，对近代来华犹太人，尤其是对上海和哈尔滨两地犹太人的中外研究与史料整理大量涌现，堪称中犹关系研究中的一个亮点。

近代来上海的犹太人前后共有三波。最早是1843年上海开埠后到来的英籍巴格达裔犹太人（又常常被称作上海的塞法迪犹太人），他们是追逐商业利益的巨贾和银行家。从19世纪末开始，不少俄国犹太人来到我国东北定居，其中又有人继续南下，最终定居上海。到20世纪30年代，俄国犹太人在上海的人数已大大超过巴格达裔犹太人。由于很多俄国犹太人是十月革命后来华的，他们当中的无国籍移民占了多数，这些人具有较强的犹太复国主义倾向，并经过个人奋斗跻身于上海滩的中产阶级。最后一波是

[①] 张国刚：《中西文化关系通史》，北京：北京大学出版社，2019年，第407—423页。

1933年希特勒上台后为逃离纳粹反犹迫害，而在1941年太平洋战争爆发前陆续抵达上海的德国和德占中欧地区的犹太难民，共计大约2万人。[①]当前国际上对近代来华犹太人研究的热点正是这波犹太难民。

这个热点能够形成，既与眼下纪念反法西斯战争的需要、全球对日益突出的难民问题的关切、上海建设国际化大都市的文化战略息息相关，也是因为曾经的上海犹太难民纷纷开始口述、撰写和出版往事回忆，从而为这方面研究的深入提供了史料支撑。如今，各种回忆录已经多不胜数，甚至出现了不少上海犹太难民题材的小说创作，其中，严歌苓的《寄居者》和乌尔苏拉·克莱谢尔的《上海，远在何方？》尤其引人瞩目。以历史亲历者的回忆作为史料，其价值和重要性毋庸赘言，但追忆容易掉进的陷阱也不容忽视。一方面，追忆是可塑的，追忆者会借助别人的记忆和研究不断修正自己的记忆。另一方面，追忆还可以是自我辩护，年少时的摸着石头过河乃至一意孤行，再回首往往就成了冥冥中的定数，仿佛一切都是最好的安排，追忆不仅仅是再现往事，也是要为这种再现找寻连贯的叙事，从而有助于理解怎么就一步步走到了今天，向自己、向他人有所交代。普里莫·莱维对自己的纳粹大屠杀记忆有过犀利的反思："过于频繁地唤醒一份记忆，并像故事似地讲述它，这份记忆就会渐渐变成一种结晶般

---

① 这是本书作者伊爱莲的估算。我国学者王健认为，二战期间至少有2.5万名犹太难民长期居住上海，如果再加上1933—1941年途经或短暂居留上海后前往第三国的犹太难民，则应该有3万人左右，见潘光主编：《来华犹太难民研究（1933—1945）：史述、理论与模式》，上海：上海交通大学出版社，2017年，第24—38页。

的、完美的、添枝加叶的、在经验中千锤百炼的老生常谈。这份
虚假的记忆，终将取代原始记忆，并自发地不断增长。"①

　　相形之下，对于所谓的"原始记忆"，也就是当时关于这些
犹太难民的文件、报道，以及他们流亡上海期间留下的文字，这
类史料的整理和汇编迄今依然屈指可数。在这方面，以色列学者
伊爱莲（1929—2019）取得的成就在国外学者中首屈一指。她先
后出版了两本"原始记忆"汇编。一本就是2008年出版的本书，
其中汇集了避难上海的中东欧犹太人的诗歌、日记、信件、小品
文和短篇小说，这些文字以意第绪语、德语和波兰语写就，不少
发表在当时的上海犹太报刊上，另有一部分从未发表过，或以手
稿形式尘封在档案馆里，或由私人收藏。2018年，她又出版了一
本700多页的巨著，辑录了以6种语言（德语、英语、俄语、意
第绪语、希伯来文和中文）写的184份史料，并配有详细的注释
和导读，这也是她生前出版的最后一本著作。②放在日渐繁盛的
关于上海犹太难民的回忆录、口述史、纪录片之林中，这两本汇
编仿佛是一堆擦得锃亮的银器中两件锈迹斑斓的青铜器。

　　面对这本文学创作选集，我们不禁要问，书写在这些犹太难
民当时的生活中到底有多重要？这些"原始记忆"与那些后来被
"过于频繁地唤醒的记忆"到底有何区别？

　　来到上海的犹太难民虽然多为欧洲的中产阶级，但纳粹只

① ［意］普里莫·莱维：《被淹没和被拯救的》，杨晨光译，上海：上海三联书店，
　　2013年，第3页。
② Irene Eber, ed. *Jewish Refugees in Shanghai 1933-1947: A Selection of Documents.*
　　Göttingen: Vandenkoeck & Ruprecht, 2018.

准每个犹太人携带10德国马克（Reichsmark）的现金离开德占欧洲，因此多数难民抵沪后一贫如洗，如何维持生计对他们而言始终是头等大事，不少难民从此意志消沉，一蹶不振，终日依赖犹太社团的救济勉强糊口。不过，时代的列车只会从甘愿屈服的人身上碾压过去。诸如奥西·莱温（Ossi Lewin，约1905—1975）等专业新闻工作者抵达上海后，就积极创办了多份服务于犹太难民的报刊。据不完全统计，1939—1946年，上海犹太社团出版的报刊起码有22种。①

在犹太难民眼里，办报对于建立难民社团内的经济关系、创造社团的生产力、融入上海的经济生活不可或缺。来自布莱斯劳（Breslau，1945年前属于德国）的记者曼夫瑞德·罗森菲尔德（Manfred Rosenfeld，约1886—?）在1943年8月29日的《上海犹太纪事报》上指出，对交往的需求是人心灵中最强大的内在力量，而报纸产生了交往，哪里有交往，哪里就有活跃的交换和生产，就能创造新的价值并使原有的价值增值；罗森菲尔德强调，无论是物质生活还是精神生活的交往都是如此。②

物质生活的交往通过广告和救济信息实现，连篇累牍的广告是许多犹太难民报刊的鲜明特色。自然，境内外从政治到体育的各类时事报道和评论，也是犹太难民亟须了解或喜闻乐见的。

真正的精神生活的交往体现在文学版面、文学副刊，甚至

---

① Irene Eber, *Wartime Shanghai and the Jewish Refugees from Central Europe: Survival, Co-Existence, and Identity in a Multi-Ethnic City*. Berlin: De Gruyter, 2012, pp. 211-212 (Appendix 2)；另一时间范围更大的统计，见潘光、王健：《一个半世纪以来的上海犹太人》，北京：社会科学文献出版社，2002年，第205—210页。
② 饶立华：《〈上海犹太纪事报〉研究》，北京：新华出版社，2003年，第298—299页。

专门的文学期刊上，这里刊登有连载的（翻译）小说和短小的诗歌、随笔。考虑到日伪在上海沦陷时期实行严密的书报检查制度，并对相关纸张供应严格控制，文学书写似乎是堂吉诃德的事业。其文学价值即使在难民自己看来也是可疑的。来自柏林的艺术史家洛塔·布雷格尔（Lothar Brieger，1879—1949）有幸在圣约翰大学谋得教职，他认为，历史一再表明，一流的文学和美术作品无法诞生在移民期间，艺术家在移民时期没有艺术创造性，只有保全之功：他们一旦有机会重返不幸被毁的家园，就能用丰富的艺术传统浇灌那里已经贫瘠的土地，开始文化上的自我反省和艺术重建。"每一件真正的艺术作品只能日后从有记忆的心灵的经验中再生而来。"① 保全之功一说应当能在受过良好教育的难民那里引起共鸣，大概没有任何移民像他们一样把那么多的书带到新的国家。而上海在他们心中激起的涟漪，常常需要通过昔日熟读的文学作品中的格言警句才能最贴切地表达。歌德被频频引用。罗森菲尔德借他的话——"亲临一场重大变革，乃是伴随一生的重要经历"——把上海视为自己的宿命。② 本书中的库尔特·莱温则把歌德的临终遗言"再多些光明"写成诗，在风雨如晦的年代呼唤启蒙与理性的光。

至于移民期间能否攀爬到艺术的金字塔尖，或许从不是这些难民作者和读者的考虑，至少不是首要考虑。不少随笔着眼于鼓舞难

① Irene Eber, ed. *Jewish Refugees in Shanghai 1933-1947*, pp. 601-604 (Document 162). "Jedes wahre Kunstwerk ist erst eine spaetere Wiedergeburt des Erlebnisses aus dem erinnernden Geist." 布雷格尔是这本半纪实半虚构小说的一个主要人物，见［德］乌尔苏拉·克莱谢尔：《上海，远在何方？》，韩瑞祥译，北京：人民文学出版社，2013年。
② 张帆、徐冠群主编：《上海犹太流亡报刊文选》，北京：世界知识出版社，2019年，第190页。

民们低落的士气，读来仿佛逆耳的忠言，它们反复告诫那些"不得不因爱与善的缺失而怅然"的犹太同胞，不要总想着抱怨而忘记自己客居在一个"战火纷飞的陌生国度"，不要"为鸡毛蒜皮的小事失魂落魄"，忘记欧洲、坚定意志、努力适应才是正道；有的文章甚至为不少年轻难民因染上赌博嗜好而不惜犯罪深感痛惜。[1]

颇为难得的是，我们还能发现女性难民读者对这些文学作品的态度。她们视小说为宝贝，"可以快速分散我们的注意力，远离一时的怒火，远离因为孩子因为物价产生的坏情绪"。[2]另一位女性作者坦言，在上海生活的唯一可能性就包含在一句话中："要留意住在小巷里的人，也要仰望星空。"[3]在她眼中，小巷是指废墟般的凌乱而污浊的处境，需要鼓足干劲去克服和改变；星空是指纯净的道德价值和精神力量，可以从故乡的文化中汲取。事实上，这句话引自德国现实主义文学流派的作家威廉·拉贝（Wilhelm Raabe, 1831—1910），但把原文"要看星星，也要留意小巷"（Sieh nach den Sternen, hab acht auf die Gassen）的句序颠倒了一下，改动后的句子显然更符合犹太难民在上海的现实，也充分彰显了文学和文化在流亡时期的功能——其所营造的广袤精神空间是不得不偏安一隅的难民抵御逆境的生存方式。

事过境迁，这种"原始记忆"的眼光如今却常常被"再生"的眼光不自觉地遮蔽了。这在一个问题上表现得非常突出。许多

---

① 张帆、徐冠群主编：《上海犹太流亡报刊文选》，第43、94、108、160、231页。
② 同上，第278页。
③ 同上，第133页。

上海犹太难民在回忆录或口述史里表示，他们当时与中国人几乎没有互动和交往。中犹两个民族在语言和宗教上的巨大差异似乎让这种话听起来合情合理，以至于否认中国人与上海犹太难民之间的互动隐隐成了当前西方学者的共识。[①]这种观点显然会在上海犹太难民的个人记忆和当下我国关于他们的公共记忆之间拉出一道鸿沟，但它能否经得起"原始记忆"眼光的审视呢？

言及互动，上海犹太难民幸存者常常会强调他们与中国人极少通婚。的确，这类婚姻大概只有十来例。[②]且不说与外族通婚直到今天仍会让很多犹太拉比皱眉，即使犹太社团内部也绝非铁板一块。上海犹太报刊种类的繁多，其实正反映了上海犹太社团内部社交壁垒的森严：在柏林犹太难民和维也纳犹太难民、在德奥犹太难民和波兰犹太难民、在中欧犹太难民和已立足的俄国与英籍犹太侨民、在世俗犹太人和信教犹太人之间，隔阂比比皆是，致使每个群体都感到有必要拥有为自己发声的喉舌。本书压卷之作即短篇小说《婚礼》对比了两类通婚：一家世俗犹太人从柏林来到上海，儿子娶了中国姑娘，女儿嫁给了波兰信教的犹太学生；前者受到双方父母的反对，后者则令各方皆大欢喜。但作者只捕捉到一半真相。现实中没有皆大欢喜。确曾有一位德国犹太姑娘嫁给了波兰经学院的学生，夫家的圈子从此不用她的名字而一直用意第绪语"Daitshke"（德国妞儿）叫她，令她痛苦了一

① 代表性论著是 Vera Schwarcz, *In the Crook of the Rock—Jewish Refuge in a World Gone Mad: The Chaya Leah Walkin Story*. Boston: Academic Studies Press, 2018。
② ［德］施台凡·舒曼：《最后的避难地上海：索卡尔和杨珍珠的爱情故事》，李士勋译，北京：人民文学出版社，2010年，第2页。

生。①犹太人之间的越界都会造成终生的心灵创伤。如此看来，十来例与中国人的通婚应该是多得让我们感到惊异才对。

上海犹太难民常常温馨地回忆起自己雇过的中国佣人，但随便翻翻上海的犹太难民报纸就不难看到，他们与中国人的互动远远不止于此：犹太难民所卖二手商品的买家多是上海本地人，犹太难民喜欢光顾（有的甚至只光顾）中国人开的裁缝店、理发店、洗衣房、电影院和当铺，犹太保甲在台风中冒着生命危险从倒塌的房屋中救出一些中国人，中国公司在犹太难民报刊上刊登广告。显然，难民们的记忆有选择性。人的记忆就像视线那样有盲点，无可避免，也无可厚非。

上海犹太难民晚年还常常提到很少有人学中文，但这并不意味着犹太难民当时没有了解中国的意愿或与中国人接触的努力。《上海犹太纪事报》曾连载赛珍珠的《大地》，在读者尤其是女性读者中引起很大反响，她们纷纷感谢这部小说帮助难民了解了中国和中国人。②犹太流亡者中不乏普及中文和中国文化的努力之人。本书收录的汉学家唐维礼曾开办不授予证书和学位的亚洲研讨会，一份1944年亚洲研讨会的春季课程表幸存至今，上面与中国相关的课程包括"中国的艺术、音乐和诗歌""中国的伦理和哲学""中国的治疗术和草药""中国的宇宙观""律师用中文""医务人员用中文""中国的原材料和商业""中国的商业心理学""中文《论语》""中式建筑""文言文"和"上海话"。③唐维礼还在难民报纸上撰文向读者介绍《金瓶梅》、中式菜肴和中国人玩的游戏如围

---

① Vera Schwarcz, *In the Crook of the Rock*, p. 144.
② 张帆、徐冠群主编：《上海犹太流亡报刊文选》，第278页。
③ Irene Eber, ed. *Jewish Refugees in Shanghai 1933–1947*, pp. 323–326 (Document 73).

棋、投壶和猜拳等。但在上海犹太组织眼中，这种努力要么是光顾着看星空，要么是只留意小巷里的宠物，它们没有给予这些文化活动任何资助，虽说唐维礼身边不乏少许忠实的追随者会付学费。[①]

影响更大受众的另有其人。弗洛伊德的弟子施托菲尔（A. J. Storfer, 1888—1944）流亡上海前作为《法兰克福报》的职员在维也纳享有盛名，他在上海办的半月刊《黄报》（Gelbe Post）至今被学者们津津乐道。与所有其他难民报刊不同，《黄报》的鲜明特色正在于帮助犹太难民接近中国文化。施托菲尔办刊的初心体现在一份他抵沪不久后的三页打印稿上。为了谋生，他想教德语，但发现这里对德语兴趣不大。"我也愿意在中学或大学免费任教，特别想与中国知识界建立联系。我的印象是，这里只有中国人才有真正的精神生活。欧洲人和美国人大多只顾着赚钱，相当肆无忌惮，这在这个荒废无根的城市中不难想象，他们要不然只对体育、当地社交八卦和时尚生活感兴趣。无论如何，女人的理发师比索邦大学的教授更有声望和谋生机会。"[②]打出这些文字三个多月后，《黄报》发行了，上面刊发过宋美龄、何凤山、林语堂、茅盾等中国政治家、外交官和作家的文章。难民精英的努力有时能从中文报纸里听到回响。来自维也纳的犹太难民导演高天冷（Arthur Gottlein, 1895—1977）用中英文上演了西洋提线木偶戏，获得《申报》的好评。[③]《申报》还称赞了本书所收的作者

---

① Irene Eber, ed. *Jewish Refugees in Shanghai 1933–1947*, pp. 512, 542–543.

② Ibid. p. 207.

③ https://www.doew.at/erinnern/fotos-und-dokumente/1938-1945/zuflucht-in-den-tropen/arthur-gottlein；潘光主编：《来华犹太难民资料档案精编，第1卷：文件报刊》，上海：上海交通大学出版社，2017年，第180—184页。

约尼·费茵的个人画展。这类互动已被众多昔日的上海犹太难民遗忘，或许，在小巷生活的重压下，他们当时无心抬头仰望星空。

最后，需要指出，伊爱莲教授本人也是纳粹统治的受害者，与这些上海犹太难民一样。她生在德国，后来蒙好心的波兰人收留，在其鸡棚里藏了近两年而躲过纳粹搜捕，战后去美国接受了汉学教育，学成后前往以色列教书。到了知天命之年，她重返波兰，童年时的经历被再度唤醒，75岁时出版了一本"在一个找不到回忆的过去与一个可以看到过去的现在之间来回游移"的回忆录。[①]之后，她倾全力研究上海犹太难民，她说自己强烈感到欠了债，一位纳粹大屠杀的幸存者对死去犹太人欠下的债，而研究中国的犹太人就是还债。她的史料整理有个重要的独特之处：尽可能还原史料中提到的每个犹太难民的生平，这些名不见经传的难民生在哪里，干什么职业，战后去了哪里，留下了什么。这在本书各位作者的小传中已显端倪，到她那本"天鹅之歌"中则体现得淋漓尽致。这是她记忆纳粹大屠杀的方式。对她而言，上海犹太难民构成纳粹大屠杀史的一页，每写出一页，就融合起自己的"原始记忆"和"被唤醒的记忆"，而努力还原具体的苦难中的每个人和他们的声音，是生者替死者说话的一份责任，是再造历史的一种手段，是解放自己的一股动力。她在上海犹太难民身上看到了自己走过的小巷，也望见了触手可及的星空。

本书初稿由丁琪和张鋆良译出，丁琪负责散文部分，张鋆良

---

① 中译本见［以］伊爱莲：《抉择：波兰，1939—1945》，［以］吴晶译，北京：学苑出版社，2013年。

负责诗歌部分，再由我校译定稿。本书虽是戋戋一册文学选集，我却希望把它当作反映"原始记忆"的一手史料来译，以合作的方式庶几可以避免个人视角所难免造成的种种过犹不及。书中的中译者注和未编号的插图及其说明由我添加。我又编辑了一份附录，旨在反映国内学界对相关中文史料的已有积累，方便读者了解，其中包含个别以挖掘一手史料见长的研究性著述。

钱小岩拨冗通读了译稿，为一些专有术语的译名提出中肯的建议。我另就书中个别问题请教了周育民、娄群阳、葛兰·蒂默曼斯（Glenn Timmermans）、陈紫竹和包安若。上海犹太难民纪念馆馆长陈俭关心和支持了本书的翻译，汪芳编辑帮助我避免了一些疏误，围绕本书翻译的研究也得到了南京大学人文社会科学双一流建设"百层次"项目的资助。在此一并致谢。

宋立宏

2021年9月

于南京大学

目　录

导　言

从踏入上海那一刻起，肖莎娜·卡汉（Shoshana Kahan）就不喜欢这座城市。只在城里待了三天，她便在1941年10月的日记中写道："上海这座城市真是糟透了……我现在明白大家为什么都要拼命留在日本……也理解了那些不幸被送到这儿的人们曾寄来的可怕信件。真是一座肮脏恶心的城市……"①

然而，安娜玛丽·波德斯却立刻爱上了上海："无法不对它一见钟情……主干道两旁是西式风格的房屋，后面就是中式小棚屋，用……粗石、水泥或只用竹子搭建而成……在这里，中国人与他们饲养的猪、鸡生活在同一屋檐下。令我印象最深的，还得数五花八门的交通工具：有轨电车、公交车、小汽车、牛车、自行车，还有许多穿梭其间的黄包车。"②

为了更好地理解这两种反应，并认识到欧洲流亡者、侨民、

---

① R. Shoshana Kahan, *In fayer un flamen: togbukh fun a yidisher shoyshpilerin* (In fire and flames: diary of a Jewish actress) (Buenos Aires: Tsentral farband fun poylishe yidn in Argentine, 1949), p. 283.

② Yad Vashem Archives (YVA), 078/105, "Memoir of Annemarie Pordes," p. 52.

图1　上海石库门俯瞰图。出自 Tess Johnston and Deke Erh, *A Last Look: Western Architecture in Old Shanghai* (Hong Kong: Old China Hand Press, 1993), p.12。经 Deke Erh 授权使用。

图2　上海石库门正立面。出自 Tess Johnston and Deke Erh, *A Last Look: Western Architecture in Old Shanghai* (Hong Kong: Old China Hand Press, 1993), p.12。经 Deke Erh 授权使用。

图3　"单马力轿车，1942年"（4648/8）。图片由H. P. Eisfelder的摄影图片藏品提供（现存放于耶路撒冷的Yad Vashem档案馆）。

图4　"黄包车，黄包车，黄包车……"出自Barbara Hoster et al., eds., *David Ludwig Bloch*，*Holzschnite, Woodcuts, Shanghai, 1940–1949* (Sankt Augustin: Monumenta Serica Institute, 1997), pp.112–113. 经David Ludwig Bloch、Lydia Abel授权使用；所有权保留。

难民——无论我们怎么称呼这些人——无不为这座大都市触动的事实，我先简要回顾一些早期事件，同时对大批犹太人如何在1939—1941年来到上海略做解释。

1933年1月，希特勒上台。仅四个月后，他就开始迫害犹太专业人士。毫无疑问，正是因为失去了职位和薪水，许多内科和外科医生、牙医、药剂师决定去上海；到1933年12月，已有约30个犹太家庭来到上海。①不过，并非所有犹太家庭都留在上海，一些家庭前往广州、天津和青岛定居。还有一些人，如几年后获得中国国籍的牙医利奥·加方克（Leo Karfunkel）则定居南京。②

到了1938年3月德国并吞奥地利（Anschluss），以及1938年11月"碎玻璃之夜"（Kristallnacht）事件爆发时，这批专业人士已能在中国立足。上述两起事件导致成千上万的犹太人从中欧匆忙逃往包括上海在内的世界各地。德国强制性的移民政策，不但使牙医和其他医生等专业人士纷纷伺机逃离，就连店主、员工、各类销售员、演员、记者、作家——任何买得起火车票或轮船票并能拿到签证的人——也都离开了。这其中还包括非犹太人、共产党人，特别是那些被关在集中营里的人。他们从集中营获释的依据是一张前往另一个国家的交通票或签证，这是按照莱因哈德·海德里希（Reinhard Heydrich, 1904—1942）的指令执行的，该指令规定被拘

---

① Central Archive for the History of the Jewish People, Jerusalem (CAHJP), DAL 48, Braverman to HIAS-ICA-EMIGDIRECT, Paris, December 13, 1933 (Yiddish letter).
② 《以色列信使报》（*Israel's Messenger*），1936年3月1日。加方克于1936年1月16日成为中国公民。

留者只有持移民文件才可获释。①但他们必须在几天内，有时甚至是在几个小时内就得离境。

多数德奥难民经海路抵达上海（他们通常从意大利的港口启程，这种情况一直持续到1940年意大利参战为止），而波兰难民则取道陆路。到1941年夏德国入侵苏联时，这条陆路也行不通了。如此一来，通往中国的海路和陆路实际上都中断了。

现在，让我们进一步了解上海和这些犹太难民，以更好地理解他们对上海的反应、上海的复杂性，以及本书所译的他们在上海撰写的对上海富有创意的回应。这些诗歌、书信、散文、日记不仅大体上构成流亡文学的重要篇章，还向我们讲述了关于文化自识和他者感知的一些内容。

国际化的上海

这批中欧人在1938—1941年来到上海，用魏斐德的话说，当时的上海"是世界上最错综复杂的都市社会之一"。②这并非一蹴而就，而是经过几个世纪的发展，从一个有城墙环绕的县城和汇聚着中式帆船的繁荣港口（这里有来自中华帝国和东南亚各地的中国商人）逐步发展而来的。第一次鸦片战争（1840—1842）改变了这一切，战后，西方列强通过开放中国主要城市的对外贸易，建立起

---

① 海德里希1939年1月31日签署的信件的副本，参见John Mendelsohn, ed., *The Holocaust: Selected Documents in Eighteen Volumes* (New York and London: Garland, 1982), vol. 6, pp. 202–203。

② Frederic Wakeman, Jr., "Policing Modern Shanghai," *China Quarterly*, no. 115 (September 1988), p. 409.

所谓的条约体系。到了19和20世纪，上海迅速发展为重要的航运中心和庞大的进出口贸易地。

县城城墙以外的地区也发展了起来，出现了公共租界和法租界（图5），以及位于闸北、浦东和南岛（Nantao①）的华界。不光西方人涌入上海寻求新机遇，中国人也如此，宁波和浙江其他地区的商人、沿海省份的劳工接踵而至。太平天国运动（1851—1864）使成千上万的难民逃往上海寻求庇护。起义结束时，已有超过11

图5　前法租界的犩培私邸（Gubbay House），沙逊商业家族的住所［位于今延庆路130号。——中译注］。出自 Tess Johnston and Deke Erh, *A Last Look: Western Architecture in Old Shanghai* (Hong Kong: Old China Hand Press, 1993), p.17。经 Deke Erh 授权使用。

---

① "南岛"，中国人称为"南市"，指法租界以南、老城区东南的华界区域，这一狭长地带犹如半岛突兀于老城外，外国人称之为"南岛"。——中译注

万中国人迁入公共租界和法租界。^①简言之，上海发展为一座现代化大都市，是中西方移民汇聚之城。随着时间推移，许多欧洲人不再自视为临时居民。上海就是家园，他们打算留下来。

　　然而，上海并没有发展为统一的都市综合体，而是被分割成几个紧密相连、相互依赖的地区，每个地区都有各自的行政管理机构。公共租界最终由英、美、中、日董事组成的上海工部局（Shanghai Municipal Council, SMC）管辖。不过，工部局不是主权机构，仅行使行政管理职能，通过各国领事机构接收来自本国政府的指令。法租界由法国政府直接授权的法国总领事管理。1927年7月以后，南京国民政府成立了负责管理华界的上海市政府（Chinese Municipal Administration）。^②

　　到20世纪30年代，上海人口已超过350万。欧美人只占其中很小的比例，尽管上海的外国人社团在鼎盛时期来自50多个不同国家。当时，人数最多的是俄国社团和日本社团。十月革命后不久，白俄难民就陆续抵达上海。到1929年，上海已有13000多名白俄，1939年时增至25000人。^③与俄国社团不同，日本社团并非难民团体，而且随着时间推移，日本人成为上海最大的外国社团。尽管在中日发生冲突和战争期间有所遣返，上海的日本人依旧从

---

① Hanchao Lu, *Beyond the Neon Lights: Everyday Shanghai in the Early Twentieth Century* (Berkeley: University of California Press, 1999), p. 36.

② 这里对上海行政体制的概述，参考 Robert W. Barnett, *Economic Shanghai: Hostage to Politics, 1937–1941* (New York: Institute of Pacific Relations, 1941), pp. 5–7。日本不在条约国之列，故从未在上海获得租界。

③ 据估计，20世纪各地的俄国侨民约有100万至200万人。关于俄侨长期居住或短期逗留的许多城市，详见 Karl Schlögel, ed., *Der grosse Exodus, die russische Emigration und ihre Zentren, 1917 bis 1941* (Munich: C. H. Beck,1994)。

1920年的15551人激增到1939年的54308人。[1] 每个社团居住在城市的不同地区：俄国人住法租界，英美人住公共租界，日本人则盘踞在苏州河对岸公共租界的延伸地带虹口。1938—1939年抵达的中欧犹太难民也来到虹口，通常与日本人混居，原因主要是虹口的房租比公共租界的便宜。

在中欧犹太人到来之前，上海犹太社团仍属当地规模较小的社团。塞法迪（亦称巴格达）犹太人随英国人来到上海。他们并非全都来自伊拉克。大多数经由孟买而来，他们在那儿生意兴隆，来上海是为了在这个新开放的条约口岸设立分支机构。到1862年，上海已经有了一个小规模的犹太社团，沙逊家族（见图5）在其中开始发挥重要作用。[2] 此外，塞拉斯·亚伦·哈同（约1851—1931）是上海最成功的地产大王之一，据说拥有著名的南京路上的大部分房产。传言他离世时是东亚最富有的外国人。[3] 巴格达犹太人中的富裕家庭数量比任何其他的上海犹太社团都多，远远超过了其在犹太社团中的人数占比，毕竟他们似乎从未超过1000人。上层社会的巴格达犹太人欣然接受了西方生活方式，他们讲英语，住在公共租界。

俄国犹太人最早恐怕是在日俄战争（1904—1905）期间来的，

[1] Christian Henriot, "'Little Japan' in Shanghai: An Insulated Community, 1875–1945," in Robert Bickers and Christian Henriot, eds., *New Frontiers: Imperialism's New Communities in East Asia, 1842–1953* (Manchester: Manchester University Press, 2000), p. 148.

[2] 有关这一显要家族的详细历史，见 Maisie Meyer, *From the Rivers of Babylon to the Whangpoo* (Lanham: University Press of America, Inc., 2003), pp. 11–16。

[3] Chiara Betta, "Myth and Memory: Chinese Portrayals of Silas Aaron Hardoon, Luo Jialing, and the Aili Garden between 1924 and 1925," in Roman Malek, ed., *Jews in China, from Kaifeng ... to Shanghai* (Sankt Augustin: Monumenta Serica Institute, 2000), p. 377.

战后在俄国军队服役的犹太士兵决定留在中国。[①]而数量最多的俄国犹太人，连同一些波兰犹太人，却是在1917年俄国十月革命后到达的。到20世纪30年代，上海已有六七千名俄国犹太人。加上巴格达犹太人的话，当时大约5万名外国人中有近8000人是犹太人。尽管一些巴格达犹太家庭十分富有，但大部分俄国犹太人是贫穷的难民。他们逃离了中亚的内战与革命的剧变，许多人从黑龙江省的哈尔滨一路南下。不但如此，他们还是讲俄语的阿什肯纳兹犹太人，文化习俗不同于塞法迪犹太人。

1938—1941年，18000—20000名讲德语和意第绪语的难民来到上海，他们一贫如洗，在文化上也与已在上海扎根的那两个犹太社团有所不同。表达文化差异而非民族团结的需要很可能影响了下文描述的文化活动。不过，在展开这个话题前，让我先对上海华界略做介绍。

上海华界

上海素有"东方巴黎"之称，它主要是一个现代化的制造业和商业中心，由知识分子、商人和工人构成的一个新城市阶层诞生于此。[②]这座城市既是资本中心，又是文化中心，高等教育机构的

---

① 目前可查到的最早定居哈尔滨的俄国犹太人是在1894年抵达哈尔滨的，而最早定居上海的俄国犹太人是在1887年，见潘光主编：《来华犹太难民研究（1933—1945）：史述、理论与模式》，上海：上海交通大学出版社，2017年，第312、319页。——中译注

② Marie-Claire Bergère, "The Other China: Shanghai from 1919 to 1949," in Christopher Howe, ed., *Shanghai: Revolution and Development in an Asian Metropolis* (Cambridge: Cambridge University Press, 1981), pp. 7–9.

数量超过北京，虽然人们不认为上海是像北京那样的智力中心，但这里也并非只有商业和金钱。

上海拥有庞大的中外文出版业、上千台印刷机，以及众多中英文日报。中国近代第一份报纸《申报》于1872年在上海创办发行。现代重要作家如茅盾（沈雁冰，1896—1981）、郁达夫（1896—1945）和鲁迅（周树人，1891—1936）都曾短期或长期在上海安家，福州路和河南路上的书店是当地一大景观。繁荣的电影业和众多电影院构成另一新鲜的现代都市景观。在上海，不仅能观看上海本地拍摄的影片，还能欣赏到最新的好莱坞大片。诚如李欧梵所写，电影院"为看电影作为一种都市新习俗创造了物质条件和文化氛围"。①

图6　1941年12月6日第5期《言报》（Dos vort）一页。出自 Judaica Collection, Harvard College Library（99.774, C4070）。

难民们虽然基本不了解上海生产和消费现代文化的程度，却不可能不受这种独特环境的影响。很快，他们也印刷了报纸（图6），排演了戏剧（图7），缔造了咖啡馆文化（图8），

① Leo Ou-fan Lee, *Shanghai Modern: The Flowering of Urban Culture in China, 1930–1945* (Cambridge, MA: Harvard University Press, 1999), p. 84.

ZIGARREN-OELSNER

159, Chusan Road neben der Markthalle

European Jewish Artist Society

Dienstag, den 25. Maerz und Donnerstag, den 27. Maerz 1941

EIN BESSERER HERR

Lustspiel in 2 Teilen von WALTER HASENCLEVER

Personen:

Herr Compass	Siegf. Katanol-Carén
Frau Compass	Kaethe Horsten
Harry Compass	Harry Wahlen
Lis Compass	Eva Schwarcz
Moebius	Herbert Zernik
Rasper	Fritz Holler
von Schmettau	Gerhard Gottschalk
Frau Schnuetchen	Friede Edel
Aline	Inge Baruch
Sekretaer	Heinz Dietrich
Polizist	Julius Schlochauer

Frauen im reiferen Alter

Regie: WALTER FRIEDMANN

Buehnenbild: Hans Cassel

Ort der Handlung: 1., 4. u. 7. Bild: Im Hause Compass
2. Bild: Wohnung von Frau Schnuetchen
3. u. 6. Bild: Im Buero Moebius
5. Bild: Bank im Park
8. Bild: Sitzungssaal der Compass A.G.

Die Buehnenausstattung wurde freundlicherweise von den Firmen AT HOME, EUROPEAN OLD AND NEW ART und WAYSIDE-BAZAR BRUNO PRAGER zur Verfuegung gestellt.

Die Schallplatten stammen aus dem "European Bookshop, Ludwig Lazarus"

CAFE LOUIS CONFECTIONERY

Vor und nach der Vorstellung ins

CAFE LOUIS

1255, Bubbling Well Road

With Compliments

BAKERITE CO.

Federal Inc U.S.A.

3 POINT

RADIO FACTORY

RADIO-FABRIK

ERNST KARLINER

33, Chusan Road

Tel. 50283

3 POINT-WELTEMPFAENGER

Type „Allright"

6 Roehren mit amerikanischem Lautsprecher

U. S. $ 13.-

Type „Favorite"

7 Roehren mit magischem Auge

U. S. $ 14.50

Lokalempfaenger von

Sh. $ 110.- an.

Garantie inclusive Roehren.

Reparaturen fachmaennisch und billigst.

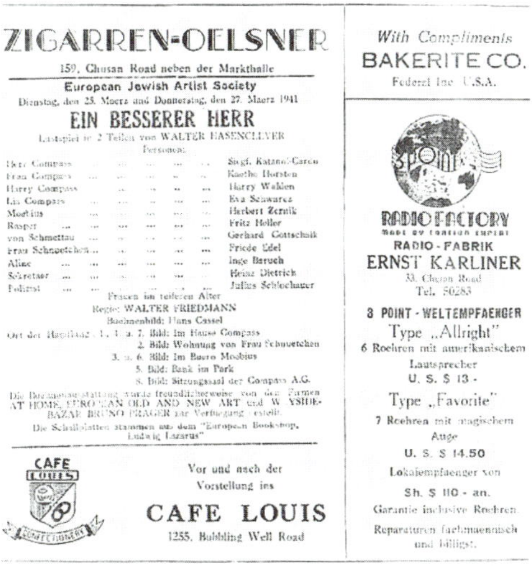

图7 《更好的绅士》(*Ein Besserer Herr*)的演出传单，1941年3月27日。Ralph Harpuder藏品。

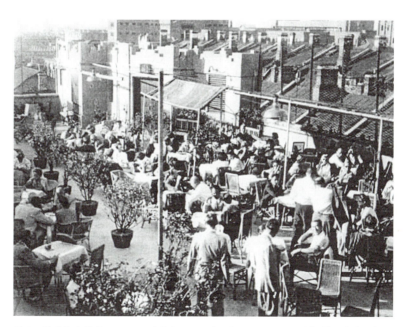

图8 屋顶咖啡馆“Roy，1944年”(4648/36)。由H. P. Eisfelder的摄影图片藏品提供(现存放于耶路撒冷的Yad Vashem档案馆)。

这些自然归功于他们随身携带的文化行囊，但无疑也是因为上海有条件实现这些。

上海，中日战争及其后果

然而，生活绝非易事，中日双方的敌对行动令事态越发复杂。1931年9月，当日本入侵并占领被称作"满洲"的东三省辽宁、吉林和黑龙江时，"满洲国"似乎还很遥远。尽管如此，那儿还是成立了傀儡政府，并最终于1932年建立起"满洲国"，这无疑是不祥之兆。同样预示不幸的还有1932年第十九路军和日军在上海闸北发生的武装冲突。不过，1937年7月卢沟桥事变所引发的中日战争（一个月后战火燃至上海），才让上海的外国社团看清自己其实多么不堪一击。公共租界和法租界均未受影响，可闸北却再次受到战争影响，虹口大部分地区也受到冲击。上海市内及其周边的战斗一直持续到秋季，平民和军队皆伤亡惨重。柯博文（Parks Coble）认为："上海的这次血战是一战期间的凡尔登战役以来最惨烈的冲突。"[1]

到1938年，这座城市虽已恢复平静，但战争带来了巨大变化。中日敌对令商业活动大受影响，通往长江沿岸港口城市的内河航运持续低迷。日本人通过占领中国领土和建立傀儡政府不断巩固其地位，外国人居住区（这时称为"孤岛"）也更加孤立。一直比较温和的通货膨胀从1939年年中开始飙升，对下层阶级，特

---

[1] Parks M. Coble, *Chinese Capitalists in Japan's New Order: The Occupied Lower Yangzi, 1937–1945* (Berkeley: University of California Press, 2003), p. 11.

别是对为了躲避战火而涌入上海的中国贫苦难民产生了灾难性影响。此外，1937年的淞沪战役使得城市居民中出现了大量无家可归的难民，其生活资源极度匮乏。[1] 违法行为在上海许多地区逐渐蔓延，上海沦为欺诈、赌博、毒品交易和卖淫活动猖獗的犯罪之都。[2]

不用说，上海的西方商人们愈加忐忑不安。1938年底出现了短暂的繁荣，貌似充满希望，却只持续了很短时间。上海工部局显然对战争引发的新情况放任不管。因此，自1938年底开始大批涌入的欧洲难民一定让上海工部局官员不堪忍受。战争爆发后，国民政府官员就停止了对入境口岸的护照检查。而没有哪个西方大国接管此事，唯恐这样做会引发日本干预。入境检查实际上作废了。这使得大多数有关上海和犹太移民的著述误以为进入上海无需签证。但事实上，是否需要签证变得很随意，一些船运公司只在旅客持有签证的情况下才让预定船票，其他公司则无此要求。

难民潮，1938年12月至1939年9月

1938年12月登岸的难民幸好对平静表面下暗涌的激流一无所

---

[1] 有关上海难民的悲惨境遇，详见 Christian Henriot, "Shanghai and the Experience of War: The Fate of Refugees," *European Journal of East Asian Studies*, vol. 5, no. 2 (September 2006), pp. 215–245。

[2] 有关太平洋战争爆发前的严峻形势，详见 Frederic Wakeman, Jr., *The Shanghai Badlands, Wartime Terrorism and Urban Crime, 1937–1941* (Cambridge: Cambridge University Press, 1996)。

知。此后抵达的人同样如此，他们侥幸逃脱了即将席卷欧洲的战火。不过，随着1938年12月20日500多名难民的到来，以及在接下来8个月内意大利、德国和日本的船只又运来上千名难民，上海工部局再也无法镇定自若了。仅在1939年7月3—31日期间，就有8艘轮船靠岸，其中4艘是日本的、1艘意大利的、3艘德国的，共运来1315名难民。[①] 8月份又来了8艘轮船，其中2艘来自马赛，上海的难民人数一下升至1.7万。上海工部局警务处（SMP）显然派人到码头清点了人数，而《大陆报》（China Press）也仔细报道了每艘船上新来难民的人数。如何应对这个新危机，成了1939年上半年的一个重要议题。

上海工部局的最初反应是说服欧洲大陆、英国、美国的犹太组织阻止难民前往上海。[②] 此外，工部局还明确表示不会为难民提供任何生活资金，该责任由新成立的援助欧洲来沪犹太难民委员会（Committee for the Assistance of European Jewish Refugees in Shanghai，简称CAEJR）承担。[③]

可是，这一新成立的委员会的负责人，即成功的上海商人和经纪人米歇尔·斯皮尔曼[④]是如何突然参与社会工作的？他的委员会又是如何为上万名犹太难民迅速找到住所，并确定供餐方案的？

[①] Shanghai Municipal Police Files, Reel 17, D54422(c), Police Report files dated July 3, 7, 9, 15, 24, 31, 1939.

[②] YVA, 078/85, Shanghai Municipal Archives, G. Godfrey Philips, SMC secretary and commissioner general to German Jewish Aid Committee, London; HIAS-ICA-EMIGRATION Association, Paris; American Joint Distribution Committee, New York, December 23, 1938.

[③] Public Record Office, London (PRO)，会议记录，第一页丢失。

[④] 当时的上海中文报纸译作"史比曼"。——中译注

援助欧洲来沪犹太难民委员会设法做到了这些，这非常值得称赞，因为当时局势变得微妙起来，而本地的英国社团或犹太社团又从未有过这方面经验。一方面，英国人担心放任移民涌入而不加制止，会让日本人实行护照入境检查，这让他们觉得损害了自己的利益。① 另一方面，包括斯皮尔曼在内的犹太商人们也担心，如若不能照料信奉同一宗教的一贫如洗的同胞，将会在非犹太商界失去尊重和威望。

为了阻止难民不加约束的涌入，所谓的许可证制度应运而生，根据这一制度，进入上海必须持有入境许可证或一定资金。上海入境条例于1939年10月22日颁布，第二次世界大战此时已在欧洲爆发，德国船只在任何情况下都已无法停靠上海。然而，条例颁布后不久，上海工部局警务处就发现了一大漏洞。与等待入境许可证的签发相比，筹集所需资金并持资金入境要更加容易。正如1940年5月24日的警方报告所述，"任何一个汤姆、迪克、哈利，只要持有必需的资金，都可以在这儿登陆，这样一来，每艘轮船都满员"。② 上海工部局不得不有所作为，修订后的许可证制度于1940年7月1日生效，规定入境者必须同时持有入境许可证和一定资金。但为时已晚，1940年6月意大利加入德国一方参战，此后，运输难民的船只中再也见不到意大利轮船了。仍有一些包括日本轮船在内的其他轮船驶往上海，通往上海的海上航线1940年夏实际上就停

---

① PRO, FO371/24079 (22652), W519, 5, Foreign Office cable to the Ambassador in Shanghai, January 10, 1939.

② YVA, 078/88, Shanghai Municipal Archives, Police Report, sent to the SMC secretary and commissioner general, May 24, 1940.

运了。

在1939年春夏之前抵达上海的难民比后来的难民更容易安顿下来。他们领到租好的公寓或房间，正如安妮·维廷在1939年的信中（见正文）所述，此外，他们还被鼓励自主谋生。许多难民，如艾斯菲尔德和祖恩特斯坦家族就那样做了。[①] 后来的难民则去了名为 "Heime"（家）的收容所。收容所在一些大型建筑物内，大部分位于虹口，援助欧洲来沪犹太难民委员会为难民租用或购买后，迅速将之改造成宿舍。一些难民抵达不久便想离开收容所，但寻找租房或公寓，以及不论多么卑微的工作，皆困难重重。许多人一蹶不振，屈服于惰性，留在了收容所。这些收容所和救济厨房（即与收容所在一起的食物分发点）由美犹联合分配委员会（American Joint Distribution Committee，简称JDC）通过援助欧洲来沪犹太难民委员会（也被称作斯皮尔曼委员会）资助，一直持续到太平洋战争爆发前。不少难民哪怕住在租来的公寓里，仍旧从公共厨房领取部分食物。

创造文化生活

对于整个家庭来说，抛下熟悉环境中令人欣慰的确凿和笃定，跑到陌生世界流亡会是什么滋味，这很难想象。只有隔了半个多世纪后再去回想，才能说那些离开家园的人选择了生而不

---

① YVA, 078/21, H. (Peter) Eisfelder, "Chinese Exile: My Years in Shanghai and Nanking 1938 to 1947," 2nd rev. ed., 1985, and YVA, 078/70, "Shanghai 1938-1949," Al Zunterstein tape.

是死。

1938—1939年，奥地利或德国新政权的残暴才刚刚开始为人所知，但离开那里却仍是迈向未知黑暗的一步。我们不得不钦佩人类坚韧不拔的精神：经过了最初的震惊，犹太难民便在虹口营造出包括出版、戏剧和广播在内的文化生活，其内容之丰富着实令人惊叹。而上海已有的文化独特性也让这些初来乍到的陌生者可以为自己谋取一席之地，并宣布："现在我们［也］在此处"，正如埃贡·瓦罗在他的诗《是的，那就是上海》中所写。

难民们的精力异常充沛，他们时时深受挫折，但仍不失幽默（见卡尔·海因茨·沃尔夫的诗歌《勤劳的泥瓦匠》），他们着手修缮、改建和重建了1937年中日两军交战时损失惨重的虹口地区。有利可图的出租公寓、翻修的咖啡馆、新餐厅和各种风味的餐馆纷纷涌现。虹口的咖啡馆文化得以再现，不仅惠及顾客，方便服务人员就业，也让店主们有了收入。艺人们同样从中受益，有能力消费的人还能品尝到真正的维也纳蛋糕。

虽然遇到不少问题，但随着先前在德奥失业而无法谋生的犹太男女演员来到上海，德语戏剧也蓬勃发展。可是，上海并没有一座合适的大舞台剧院，演员们没有资金购买服装和布置舞台。难民们也没有带来多少剧本和唱词，而且由于观众少，一个剧本只能上演一两次。综艺节目几乎随处可演，无需布景，也不怎么需要服装，成了最受欢迎的节目。由萧伯纳、莫尔纳或斯特林堡创作的戏剧也在有限的条件下上演了。如今已不知道有多少部戏剧写于上海，但汉斯·摩根斯特恩（1905—1965）和马克·西格尔伯格（1895—1986）创作的关于上海生活的剧作《异乡》（*Fremde Erde*），无疑富有感染力，如果翻译过来的话，对今天的观众也会有吸引力。[1]
难民剧场是否有高水平的演出，无疑是一个永远无法回答的问题。
评论家们认为，移民不可能在艺术上有创造性，毕竟移民的目标是
保存他们随身携带的艺术的特色；[2]像莉莉·弗洛尔和赫伯特·泽尼
克等一流男女演员——只举两个例子——迎难而上的坚持要归功于
他们的毅力和决心。

　　说德语的犹太人发行了多份刊物，这并不令人意外。一方面，
这是出于创造某种文化生活的决心；另一方面，上海当时已有诸多
大大小小的出版社和不计其数的中外文报刊。德语犹太报刊最早创
办于1939年，后来约有11种（图9）。其中包括两本医学杂志和兴
趣广泛的知识月刊《黄报》。有些由专业编辑主编，有些不久就停
刊了，还有些办下去了。这些刊物频繁易主或者更名，周刊往往改
成月刊。唯一一份安然度过二战的报纸是奥西·莱温主办的《上海
犹太纪事报》（*Shanghai Jewish Chronicle*）。

　　这些报纸让许多来上海的职业记者有机会重操旧业，赚点小
钱。广告是这些报纸的重要特征，提供各类服务，特别是能买到
什么货品的店铺的信息。广告也是报纸收入的重要来源。报纸还报
道当地新闻，发布活动或演出信息。对当地犹太人的指责很少见报，
但沃尔夫冈·菲舍尔还是忍不住提到，俄国犹太人为其新犹太总会

---

[1] Michael Philipp and Wilfried Seywald, eds., Hans Schubert and Mark Siegelberg, *"Die Masken Fallen"—"Fremde Erde," Zwei Dramen aus der Emigration nach Shanghai 1937–1947* (Hamburg: Hamburger Arbeitsstelle für deutsche Exilliteratur, 1996).

[2] Lothar Briger, "Emigration und kuenstlerische Produktivitaet," *Shanghai Herald*, special edition, April 1946, p. 18.

图9 《灯火》(*Die Laterne*)
的 一 页，1941年6月14日，
第1期。 出 自 YIVO Institute
for Jewish Research，Reel Y-
2003-1854.8。

花费了百万资金，而上万名犹太难民却在忍饥挨饿。[1]

　　许多报纸刊登诗歌。这些诗歌可以是关于犹太节日的宗教诗
作、怀旧的回眸，或对当地风景的描写。其中不乏讽刺诗，如本
书中库尔特·莱温或埃贡·瓦罗的诗。诗歌能够流行不足为奇。盖
伊·斯特恩写道："抒情诗显然是在文学上塑造流亡经历的最有效、
最亲密的手段。"[2] 还需补充的是，与小说或中篇小说不同，抒情诗

① Wolfgang Fischer, "Wir und Shanghai's Judenschaft," *Shanghai Woche*, no. 9 (August 1, 1942), p. 1.
② Guy Stern, *Literarische Kultur im Exil: Gesammelte Beiträge zur Exilforschung, 1989–1997* (Literary culture in exile: Collected essays in the German-speaking emigration after 1933〔1989–1997〕) (Dresden: Dresden University Press, 1998), p. 18.

篇幅短小，更易发表。

1941年12月，太平洋战争爆发，大部分报纸停刊。突然没了收入来源是对记者和编辑的最大打击。与此同时，美犹联合分配委员会的资金援助也中断了，危机感便在难民社团中弥漫开来，事实上，危机感早些时候已经明显，这在本书所译的肖莎娜·卡汉的日记中历历可见。1941年5月，美犹联合分配委员会派劳拉·L. 马戈利斯前往上海。姑且不论对错，她对斯皮尔曼委员会处理财务的方式立刻感到不满。马戈利斯是训练有素的社会工作者，她觉得上海的状况有很多不尽人意之处，其他人也持这种看法。问题主要来自波兰难民，一些人觉得，他们享有别人没有的特权，或者在某些服务上由于偏袒德国难民而冷落了他们。在一份来自日本神户的长篇报告中，犹太难民救济组织（Jewish Refugee Relief Organization）特使J. 爱泼斯坦写道，美犹联合分配委员会的救济金经由斯皮尔曼委员会发放，结果上海波兰犹太难民拿到的资助比德国难民的还要少。[①]到1941年夏天，不同犹太社团之间的内部纷争已达白热化。这主要与像肖莎娜·卡汉这样从日本来到上海的波兰难民有关（详见下文），他们一到上海就心生不满。他们在神户曾受到热情款待，不过当时他们是神户唯一的难民。

大部分激烈争论与1941年3月为波兰难民单独设立的救济组织有关。该组织名为援助东欧犹太难民委员会（即EastJewCom），其职责是给波兰难民发放补贴，使他们不用像德奥难民那样

---

① YIVO Institute, HIAS-HICEM I, MKM 15.57, 15 B-24, The Jewish Community of Kobe, Committee for Assistance to Refugees, Kobe, J. Epstein to HICEM, Lisbon, August 18, 1941, p. 8.

住收容所。德奥难民自然无法理解为何波兰难民能受到如此优待。

这种一触即发的对抗情绪并没有因为珍珠港事件和太平洋战争的爆发而受到遏制，相反，随着战事不断恶化，上海犹太移民派系之间的关系也日益紧张。与此同时，日本人占领了公共租界，他们逐渐建立起一套日本人和犹太人合作的组织架构来同各类犹太团体打交道。其中犹太方面是名为SACRA的上海阿什肯纳兹合作救济会（Shanghai Ashkenazi Collaborating Relief Association）。[①] 它由日本人发起、由俄国犹太人组成，旨在执行上海无国籍避难民处理事务所[②]（Japanese Bureau of Stateless Refugee Affairs）交给它的指令。第一项任务就让它背上了持续整个战争期间的骂名，即执行1943年2月18日颁布的臭名昭著的公告，隔离区[③]（或日本人所谓的"指定地域"）由此正式设立。

这份公告引发了绝望和愤怒。公告规定，所有1937年以后抵达上海的无国籍人士必须在5月18日前迁入指定地域。对于已在公共租界或法租界成功立足的犹太人和已在上海较好地段租下合意公寓的犹太人来说，这无疑是当头一棒。挤在虹口的狭小区域内生活，不但令人无法容忍，还让许多人失去了生活来源。日本人又规定，凡是离开隔离区工作、购物、访友的人均须持有通行证。恣意

---

① "Official Inauguration of SACRA," *Our Life*［English page of *Nasha Zhizn*］, no. 41, April 2, 1943. 主宾是久保田勤（Tsutomu Kubota）和M.卡诺（M. Kano）。

② "上海无国籍避难民处理事务所"是该机构的日文文件上的汉字原文。——中译注

③ "隔离区"的原文为"ghetto"，原指欧洲的犹太人居住区，中译本在此词涉及其原始含义的用法时又将之译作"隔都"。——中译注

发放通行证的人名叫合屋叶，他自称"犹太人的王"，招来所有犹太人的痛恨（图10和图11），赫伯特·泽尼克的长诗《猴变人》对此有形象刻画。不过，在继续讨论前，不妨先解释一下波兰难民是如何在1941年来到上海的。

合屋一世

虹口的前国王

不 行

你是挖墓的。这是个非常正当的职业。我发你一张蓝色通行证。不过你得先给我一份客户名单。

独裁者在演奏

要是节奏弹错了，教授，我就杀了你，你这只肮脏的猪猡。

讨厌的"R"音和"L"音

如果狮子开始吼叫。

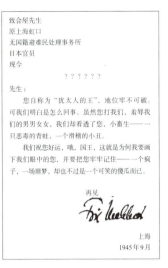

图10和图11　弗里德里希·梅尔基奥（Friedrich Melchior）创作的关于合屋叶的漫画和梅尔基奥写给他的信。出自 Irene Eber Collection, Yad Vashem Archives（078/38）。①

从华沙到上海

波兰难民群体成分复杂，有世俗人士和宗教人士，有犹太复国主义者和诗人，有宗教学校（犹太经学院）的学生和拉比，还有1939年9月逃出波兰的作家。他们前往上海的漫长历程是一个关于勇气、精神力量和毅力的故事，毕竟这群人的陆路行程复杂极了。

1939年9月1日德国入侵波兰时，波兰各地的一些团体和大

---

① 题为《讨厌的"R"音和"L"音》这幅是作者拿合屋叶的英文发音说不清字母"R"和"L"开玩笑，这在日本人说的英语中是个普遍现象，所以图下方的文字"如果狮子开始吼叫"的原文写作"if the Rion starts to Loar"（正确的写法是"if the Lion starts to Roar"）。在犹太传统里，"狮子"是"国王"的象征，这里又可能带有讽刺合屋叶话都说不清还发号命令自称国王的意思。——中译注

约20所犹太经学院的师生[1]已经逃到了立陶宛。他们大部分来到维尔纳（今名"维尔纽斯"）和科夫诺，这两个地方的犹太社区具有相当规模。在他们看来，立陶宛是安全的避难所，既未遭德国占领，也未被苏联征服，两国当时仍尊重立陶宛的边境。立陶宛犹太人热情接纳了这些难民。不少难民找到了工作，自食其力。

接下来，在1940年6月，即距德国占领波兰不到9个月，苏联红军开进立陶宛。1941年1月1日颁布的一项官方法令规定，难民们要么在1月25日前加入苏联国籍，要么成为无国籍者，许多难民开始寻求离开的途径。他们很清楚，一旦获得无国籍身份，就会被遣送到西伯利亚或苏联远东的某个州。不少难民确实申请了苏联国籍，但仍有约3000—4000人出于种种原因，拼命寻求其他出路。[2] 出于正常的生存本能，[3] 他们先找到荷兰领事杨·茨瓦滕迪克，从他那儿拿到了最终目的地是荷兰殖民地库拉索的签证，尽管去库拉索实际上无需签证。[4] 有了去库拉索的签证，这些难民又向驻科夫诺的日本领事杉原千亩（1900—1986）申请了日本过境签证。这张过境签证又让他们获得了苏联的离境和过境签证，得以抵达莫斯科，并在莫斯科登上开往海参崴（今符拉迪沃斯托

① JDC, file 739, "J.D.C. Aid to Refugee Yeshivoth Students and Rabbis from Poland," April 2, 1944.

② JDC, file 738, "Memorandum on Emigration from Lithuania," signed Moses A. Leavitt, January 17, 1941.

③ 这个观点见Leyzer Kahan, "Nisim oyf unzer vanderveg" (Miracles on our journey), *In veg*, November 1941, p. 7。

④ 茨瓦滕迪克只在护照上写道，前往苏里南和库拉索无需签证。见Samuel N. Adler, *Against the Stream* (n.p., Jerusalem, 2001), p. 30。

克）的穿越西伯利亚的火车。横跨西伯利亚的行程长达一周，从
海参崴到日本海岸城市敦贺的海上航程却很短，虽说碰上暴风雨
天气会令人极度不适。到达敦贺后，他们又搭乘短途火车去了神
户，在那儿一直待到1941年年中。

不过，事情并非总是一帆风顺。虽然从海参崴开往敦贺的轮
船每月通常有三班，①却常有难民困在海参崴，最糟的是，他们还
会面临遭遣返的危险。海参崴与上海之间未通客运，上海犹太领导
人便想尽办法包船，但没有成功，可难民们并不后悔来到神户，无
疑还希望能在那儿一直待到战争结束。下文是一位难民描述的对神
户的第一印象：

> 候船大厅华丽明亮。周围有数百张笑脸，神情愉快，
> 眼光温柔可爱。身材纤细的优雅女子穿着色彩艳丽的轻便
> 和服。没有推搡拥挤……他们［日本人］很快准备给予我
> 们……无偿帮助……完全是出于礼貌……我立刻有了家的
> 感觉……打心眼里［觉得］轻松愉快，相信一切都会好
> 起来。②

不幸的是，在神户停留的时光十分短暂。不到一年，日本人
便开始将难民分批运往不怎么欢迎他们的上海。肖莎娜·卡汉

---

① CAHJP, DAL 87, Birman to Reich Association, June 10, 1940. The ships were handled
by the Kitonihon Kisenkaisha Company.
② Joseph Rotenberg, *Fun Varshe biz Shanghai: notitsn fun a palit* (From Warsaw to
Shanghai: a refugee's notes) (Mexico: Shlomo Mendelsohn Fund, at the Company for
Culture and Help, 1948), p. 339.

对上海的初次感受与这些难民在日本受到的款待形成了巨大反差。

波兰难民群体中的世俗人士受到的待遇比宗教人士差远了，甚至比不上世俗的犹太复国主义者。1941年8月22日乘浅间丸号（Asama Maru）抵达上海的300名难民中，140位宗教学生和拉比被立即领到博物院路①的犹太会堂，那里已为他们安排了周五（安息日）的晚餐和住宿。最终目的地是巴勒斯坦的29名犹太复国主义者则被送往犹太总会中的贝塔（Betar）俱乐部。而世俗犹太人只能在租来的房子里将就，没有床、被褥、椅子、桌子，连饮用水和烧开水的炉子也没有。②虽然有人通过各种正式的渠道对这些世俗人士所受的待遇提出了抗议，但最终还是私人而非犹太组织伸出了援手，为他们提供了更好的住宿。③

至于当时为什么要把近1000人从日本送往上海，犬冢惟重（Koreshige Inuzuka, 1890—1965）认为这是一种法律和经济措施。首先，这些滞留日本的难民只持有过境签证，不能永久居住。其次，美国冻结了日本资产，美国机构美犹联合分配委员会无法再向神户转移资金来维持难民生计。④犬冢的经济论是有道理的；必

---

① 今名虎丘路。——中译注

② "Volna polskich emigrantov v Shanchai" (New wave of Polish emigrants in Shanghai), *Nasha Zhizn*, no. 1 (August 29, 1941), p. 9.

③ JDC, file 462, EastJewCom to M. Speelman, August 25, 1941, and cable from Margolis to JDC, October 9, 1941.

④ "Razyasnemiye yaponskich vlastey otnositelno prozhivaniya bezhentsev v Hongkew" (Japanese authorities explain policy on immigrants living in Hongkew), *Nasha Zhizn*, no. 20 (September 12, 1941), p. 11. 从1941年7月25日起，美国冻结了日本的资产，以报复日本入侵越南的行为，见Joseph C. Grew, *Ten Years in Japan* (New York: Simon and Schuster, 1944), p. 408。

须为难民的生活费（神户只有20多户犹太家庭）找到支付方法，
而方法在上海不在神户。但这里有一处说不通，因为就在日本人把
更多犹太人送到上海的时候，日本人又不愿在自己控制的虹口接纳
他们。还有一个复杂因素犬冢没有提到：日本政府或许担心太多犹
太人留在日本，会在日本形成一个外国人殖民地。这可能就是不再
发放日本过境签证的主要原因，犹太人逃离欧洲的另一条生路又被
堵死了。[1]

　　还有一个问题与数字有关。最终实际到达日本的这群犹太
人究竟有多少？其中一些人显然可以移民到其他国家，那最后又
剩下多少人来到了上海？准确数字恐怕永远无法得知。杉原千亩
因为签署了1万份日本过境签证而拯救了10000名犹太人的说法
无疑是夸大其词。[2] 依据1941年8月神户委员会的一份报告，在
1940年7月1日至1941年6月1日期间，有4413名难民来到日本。
其中有3092人前往不同的目的地，只有1321人留在日本。[3] 我们
可以认为这些数字准确又合理，从现有的报纸公告推断，最后差
不多应该是一千出头的波兰难民（其中可能还有不少立陶宛人）
抵达上海。

　　虽然人数较少，居无定所，也不怎么和上海的中欧犹太难民

[1]　JDC, file 461, Executive Committee minutes, May 21, 1941.
[2]　Hillel Levine, *In Search of Sugihara: The Elusive Japanese Diplomat Who Risked His Life to Rescue 10,000 Jews from the Holocaust* (New York: Free Press, 1996). 虽然书名宣称他救了10000名犹太人，但作者在书中第285—287页的第7条注释中说，这仅是一个"合理的估算"。
[3]　YIVO Institute, HIAS-HICEM I, MKM 15.57, 15 B–24, The Jewish Community of Kobe, Committee for the Assistance of Refugees, Kobe, J. Epstein to HICEM, Lisbon, August 18, 1941, p. 9.

亲近，但波兰难民也试着打造有模有样的文化生活，这点引人注目。就拿1941年抵达上海的几位波兰犹太演员来说，他们表演了几部著名戏剧，这至少在一段时间内为上海的意第绪语戏剧注入了生机。不过，意第绪语剧院也遇到德语剧院面临的问题。缺乏资金购买服装和布置舞台，演员们为了谋生没有足够时间排练，这些都不利于意第绪语戏剧的繁荣。综艺节目和意第绪语歌曲之夜倒是对表演者要求不高。尽管如此，经久不衰的戏剧《恶灵》（*Die dibek*）还是在1941年11月上演了。1942年2月又上演了肖莎娜·卡汉主演的《米利暗·艾福罗斯》（*Mirele Efros*）。①

讲意第绪语的人在出版界也很活跃。当然，若非全部，至少也是大部分的意第绪语报刊存在时间并不长，1942年便停刊了。不过值得注意的是，办报纸的念头从未断过。其中最重要的一份是在俄语报纸《我们的生活》（*Nasha Zhizn*）上出现的意第绪语版《我们的生活》。此外，还有其他五份报刊，其中《言报》（*Dos Vort*）和《远东犹太之声》（*Di yidishe shtime fun vaytn mizrekh*）是两份宗教类报纸，由以色列联盟（Agudas Yisroel）发行。像《新闻》（*Yedies*）和《在路上》（*In veg*）这类世俗报纸，因带有文学倾向而妙趣横生，也为作家发声提供了机会。

对所有无国籍难民来说，无论来自哪个国家，战争岁月都艰难困苦，尤其是在他们一起涌入虹口后，情况更加恶化。美

---

① 意第绪语版《我们的生活》（*Undzer lebn*）第30期（1941年11月28日）评论了《恶灵》这部戏。《米利暗·艾福罗斯》的演出通知发布在意第绪语版《我们的生活》第40期（1942年2月6日）上。此剧看来没有受到评论。

犹联合分配委员会代表劳拉·马戈利斯和曼纽尔·西格尔从1943年2月一直被关押到1945年8月，在这两年半时间里，难民们度日如年。他们完全依靠上海阿什肯纳兹合作救济会和几个日本人设立的难民事务委员会。战后，曼纽尔·西格尔写了一份长篇报告，将难民生活描述为充满个人仇恨、猜忌、敌意和自私。难民们互相攻击，特别是对那几个他们毫不信任的委员会横加指责，这主要是因为日本人除了发放通行证，几乎从不插手难民事务。这样，难民们并未把怒火发到日本占领者身上。[①]事实上，"犹太难民虽然天生反对纳粹，却对日本人没抱太多敌意——他们甚至对日本人为其提供机会逃离纳粹肆虐的欧洲而心怀感激"，华百纳如是说。[②] 即使绝大多数难民被隔离在虹口，他们仍会指责是德国人引发了这一切。需要指出的是，赫伯特·泽尼克讽刺人见人恨的合屋叶的诗写于战后，抨击了一个具体的人，而非日本侵略。

怨恨的矛头尤其对准了C. 布兰领导的、成立于斯皮尔曼委员会解散之后的上海犹太联合分配委员会（Shanghai Jewish Joint Distribution Committee）。西格尔说布兰行为古怪、满口脏话、专横霸道，并对该委员会做出的决定置之不理，大多数难民也深有同感。布兰与有权有势的日本男性过往甚密，人人都怕他。[③] 难民们与欧洲的家人失去了联系，战争期间对亲人们的命运一无所知。即

---

① YVA, 11.728, Reel 16, M. Siegel to the American JDC, August 26, 1945.

② Bernard Wasserstein, "Ambiguities of Occupation, Foreign Resisters, and Collaborators in Wartime Shanghai," in Yeh Wen-hsin, ed., *Wartime Shanghai* (London: Routledge, 1998), p. 26.

③ YVA, 11.728, Reel 16, Siegel, ibid.

使到1945年战争快结束时，苦难和死亡的可怕故事也才刚刚逐渐为人知晓。在惦念家人的同时，在上海日日苦苦挣扎也对他们造成了伤害。

战争的结束让难民们倍感宽慰，新问题却随即出现。一些年轻人设法为美国人工作，希望获得梦寐以求的美国签证。另一些人认为最好还是回"家"，即回到德国或奥地利，虽然那里遭到大面积破坏的报道已经传到了上海。还有一些人觉得留在上海做生意或许也不错。无论如何，1945年离开上海的可能性实际上并不存在。与此同时，仍需资金为上万名难民提供持续的援助。

1946年，内战开始席卷中国，离开上海成了难民们的当务之急，他们逐渐前往那些收留难民的国家：澳大利亚、加拿大、美国，以及1948年刚成立的以色列国。对于儿童和少年来说，这段记忆因为新奇而显得流光溢彩；但对于他们的父母而言，一想起上海，那艰难困苦的岁月和当初经历的文化冲突依旧历历在目。昔日的儿童如今年事已高，但每隔几年总会在世界各地的"黄包车团圆会"（richshaw reunions）上相聚，一起闲聊逝去的岁月。当时记日记、写精彩信件的人，几乎通通被遗忘，也没有多少人还记得那些诗人，他们在寂寞时光里写下了关于上海及他们在上海的命运的动人诗篇。时光荏苒，历史之风刮来的尘埃将这些诗作掩埋。①

---

① 这个贴切的修辞借自Thomas L. Jeffers, "God, Man, the Devil—and Thomas Mann," *Commentary*, 120, no. 4 (November 2005), p. 78。

中国人、犹太人、文学上的相逢

还有一个问题需要简短答复：这些讲德语或意第绪语的作家和诗人到底对中国了解多少？他们对大上海会怎么看？

自19世纪以来（如果不是更早的话），关于中国和从中文翻译而来的德语文学作品就与日俱增。民族主义、1897年德国对胶州湾的侵占，以及派驻中国的德国传教士激起了人们对那个遥远帝国的兴趣。文学和哲学是关注的焦点，中国古典文学被译成德语。可中国多半还是"他者"，代表了与德国时代精神背道而驰的世界。[①] 尽管存在难以避免的曲解，德语读者依旧能从通俗小说如阿尔弗雷德·德布林1915年的《王伦三跃》（*Die drei Sprünge des Wang-lun*）中读到中国，并从报纸上获悉一些关于中国的令人不安的事件。总之，无须大费周折，德语读者就能了解有关中国及其国民和文化的一些情况。

同样，意第绪语读者也并非对中国一无所知。中国历史、哲学、文学方面的书籍定价并不高。例如，当时就有关于孔子和老子的书籍，前者是华沙出版的一套颇有名气的世界名人丛书中的一本，后者在柏林出版。[②] 雅各·迪内森的多卷本《世界历史》

---

① Birgit Linder, "China in German Translation: Literary Perceptions, Canonical Texts, and the History of German Sinology," in Leo Tak-hung Chan, ed., *One into Many: Translation and the Dissemination of Classical Chinese Literature* (Amsterdam: Rodopi, 2003), p. 273.

② Mordechai Holtzblat, *Konfutsius, zayn lebn un tetikeyt* (Confucius: his life and work) (Warsaw: Oryent, n.d.); and Laozi, R. Zeligman, trans., *Der bukh funem getlikhen gezets* (The book of the divine law) (Berlin: Klal, 1923 ）.

（*Di velt geshikhte*）以一章39页篇幅的中国历史冠首，那鸿·波姆斯（1906—1954）出版了唐朝诗人李白的译诗集。[1] 书籍并非信息来源的唯一渠道，意第绪语报纸也刊登了包括上海在内的中国新闻。

创办于1913年的大众报纸《此时此刻》（*Der Moment*）就刊发了佩雷茨·希尔施拜因（1880—1948）1927年前往日本和中国的远程游记。[2]《今朝》（*Haynt*）是另一份发行量很大的日报，上面刊有中国时事，尤其是1937年7月中日战争爆发后的情况。[3] 意第绪语读者能了解到关于中国的基本概况。然而，这种关注不是单向的。中国读者也接触了意第绪语文学的不少方面，有些中文期刊上还有犹太历史的内容。[4] 中犹两个民族相距甚远，文化迥异，彼此之间跨文化的智识趣味非常有趣，无疑值得进一步探讨。

本书选译的诗歌和散文出自难民之手，大部分刊登在上海的意第绪语和德语报纸上。我忍不住加了一首发表在上海出版的波兰语报纸上的波兰语诗歌，为难民经历增添一点新内容。更多真

---

[1] Jacob Dinezohn, *Di velt geshikhte* (World history) (Warsaw: Pen Club, 1937); Nahum Bomse, *Iberdikhtungen fun Li-Tai-pe (699–762)* (Rewritten poetry by Li Bai) (Warsaw: Pen Club, 1937).［关于意第绪语世界对中国的了解，参见伊爱莲和凯瑟琳·海勒斯坦的论文，见宋立宏主编：《犹太流散中的表征与认同——徐新教授从教40年纪念文集》，北京：社会科学文献出版社，2018年，第3–29页。——中译注］

[2] Peretz Hirshbein, "Harbin," *Der Moment*, 36 (February 11, 1927), pagination missing on microfilm; "Kanton," *Der Moment*, 90 (April 29, 1927), p. 6.

[3] 例如此文："Iber a milyon dakhloze khinezer"（Over a million homeless Chinese），*Haynt*, no. 260 (November 12, 1937), p. 2。

[4] Irene Eber, "Translation Literature in Modern China: The Yiddish Author and His Tale," *Asian and African Studies* (Jerusalem), vol. 8, no. 3 (1972), pp. 291–314.

正特别的作品载于上海的其他报纸，这些报纸如今几乎被遗忘了，躺在各大洲的档案馆中落灰。在本书所选的诗歌中，至少有一首已经在一本书中出现，[①] 肖莎娜·卡汉的日记也已成书出版。但耶霍舒亚·拉波波特的重要日记仍以手稿本形式存世。并非所有诗歌都由诗人创作；演员们也写了一些，如赫伯特·泽尼克的《猴变人》。这里选的两首诗很可能从未发表过，保存在上海工部局警务处的档案中，显然是作为一台综艺节目的一部分提交给审查者的。不幸的是，鲜有日记经得起岁月侵蚀而留存至今，书信集能保留下来的更少。肖莎娜·卡汉的日记独一无二，不仅是因为它已经出版，还因为它记录了一个女人的感悟，在上海的书写中，女性的声音屈指可数。安妮·F. 维廷的精彩书信同样独特，它们传递了对上海生活的最初印象，描述了中产阶级妇女巧妙的谋生方式。

　　本书译文按时间顺序从1937年到1947年依次排列，例外的只有梅莱赫·拉维奇创作于1935年的卷首诗作，以及选自不同时期和战后的日记。按时间顺序排列往往能更清晰地揭示作品所回应的历史事件。除了个别例外，这里的诗作既不处理永恒的主题，也不探索诗人的内心世界。它们应被看作流亡文学的一部分，记录了诗人在这座独特城市里身处非凡情境时所产生的震撼、诧异或惊奇。

---

① Meylekh Ravitsh, "A riksha shtarbt in a Shanghaier fartog" (A rickshaw [coolie] dies on a Shanghai dawn), in *Kontinentn un okeanen* (Continents and oceans) (Warsaw: Literarishe bleter, 1937), pp. 44–46.

奥地利犹太流亡者许福（Friedrich Schiff, 1908—1968）画笔下的上海黄包车夫。

梅莱赫·拉维奇

（Meylekh Ravitch，又名撒迦利亚·孔恩·伯格纳，1893—1976）[①]

梅莱赫·拉维奇（图12）出生在离普热梅希尔（Przemyśl）不远的波兰小镇拉迪姆诺（Radimno），从小跟随私人教师接受教育。1910年，他开始在一家银行工作，先待在利沃夫（Lvov），后于1912年去了维也纳。和大多数诗人一样，他很早开始作诗；到十几岁时，他成了素食者，这在当时颇不寻常。第一次世界大战结束后，他于1921年携妻子和两个幼童搬到华沙。在华沙，他为现代意第绪语诗歌的成长和发展

图12　梅莱赫·拉维奇。出自此文："Ort-Oze Combat Economic Life in Europe: Interview with Mr. Melech Ravitsh," *Israel's Messenger*, vol. 32, May 3, 1935, p. 23。

[①] 以下的简介源于Melech Rawitsch [Meylekh Ravitch], Armin Eidherr, trans., *Das Geschichtenbuch meines Lebens, Auswahl* (Salzburg: Otto Müller Verlag, 1996), pp. 225–235, 其中包括从拉维奇自传中选译的内容。

做出了重要贡献；他是意第绪语作家和记者协会的秘书，也是意第绪语笔会的创始人和秘书。拉维奇还是一个上瘾的旅行家，据他自称，他在40岁以前已经去过44个国家。为了开启中国之旅，他首先前往伦敦，再在1935年1月从那里去莫斯科，接着乘坐穿越西伯利亚的火车到达"满洲"，然后去哈尔滨。在中国，他访问了几座大城市：北京、天津、广州和上海。此后他没有返回波兰，而是去了澳大利亚。在那里，他所到过的每座中国城市，以及穿越西伯利亚的铁路和长江，都被他写成诗，收录在他的《洲与洋》（*Kontinentn un Okeanen*）①一书中，这首诗就出自此书。

一个黄包车夫在上海的晨曦中死去（1937）

上海的早晨拖着疲倦，

人力车②夫排成长排瞌睡连连。

他们整夜坐在户外空口咀嚼，

东有淡云，西有蓝天。

有人哭泣，在长排前端的某个地方。

"谁在我们中间哭？"每个人都好奇。

"是陈尊贵。哭什么？大事不妙。脚受了伤。

---

① Meylekh Ravitch, *Kontinentn un okeanen* (Warsaw: Literarishe bleter, 1937), pp. 44-46.

② 黄包车（或称人力车）作为交通工具是1873年由一名法国商人从日本引进到上海的，从此在上海迅速流行。其英语名"richshaw"即来自日语"人力车"。——中译注

还有呢?"一场高烧,让他病入膏肓。

陈跑出队列。"去哪儿?你会错过客人。
难不成鬼上了身?"
陈只顾跑,身后的黄包车在跳。
到了佛寺,他弯腰脱下凉鞋,光着脚。

"开门,懒猫!为我最后的三个铜钱,
快快起来,开开门!"
在断气之前,
陈尊贵非要与佛照个面。

生锈的钥匙转动
木质的门闩呻吟。
陈尊贵推开大门,打呵欠的
佛醒来。他微笑。火苗在瓷内舞动。

"佛啊,我来了,无论是走是站,
脚底都有颗钉子冒烟,我也饿得冒烟。
听我说,瞧瞧,我乌黑的手中
攥着备好的三个褐色的铜钱。

此刻,我还是陈尊贵——但很快就要完蛋——
我仍然是五亿人中的一个。

我别无他求，甚至不求好死。
只求你留意一下我这过客。

你木然唾我一脸吧，我反正比狗不如，
从来不会安躺在屋檐下。
甚至从未在镜中见过这脸，
只在积雨的水坑里照见。

更要命的饥荒发生在江苏。
我的妻儿都病得油尽灯枯。
三个铜板换三条命，拿去
将他们尽快入土。

我想解脱。我比流浪狗还惨，
锈铁已把我的脚戳穿，
我发烧烧得厉害，却没有人
行行好，一枪将我命断。

如果陈尊贵真是狗，
会有人给他洗伤口。
会有骨头供他咀嚼，
怜悯的杀死亦非罪。

佛啊，别笑，快醒醒，陈是穷光蛋。

不能白白送出三个铜板。

陈想要付钱了结，拿到应得的回报。

请张开木手，容我送上性命和健康。"

佛听着，伸出手，再次微笑，

陈尊贵伸伸腰，对佛微笑，

露出第一次和最后一次微笑。

那脸从来只能把水洼当镜照。

庙祝陈无燊气冲冲走来，

从弯曲的手中抠下铜板。

然后拖起死者那只好脚。

"放哪儿呢？"他耸耸肩，嘟哝起来。

　　梅莱赫·拉维奇不像本选集中的其他人那样是难民，但不能因此忽略他。拉维奇只在上海短期逗留——总共在 1935 年待了六个星期。与六年后抵达的难民不同，他有去其他地方的签证，他带的钱也足够去世界任何地方。然而，对人类同胞所受苦难的同情和对冷漠世界的愤怒——我们确实可以称之为人道主义精神——是拉维奇与本书其他诗人的共同点。在拉维奇记录中国印象的游记中，上海部分篇幅最多，长达 14 页。[①] 人力车夫作为"上海人间地狱"里

---

① 拉维奇的中国游记是一份意第绪语的打字稿，对这份游记及拉维奇中国之行的描述，见 Irene Eber, "Meylekh Ravitch in China: A Travelogue of 1935," in Monika Schmitz-Eman, ed., *Transkulturelle Rezeption und Konstruktion, Festschrift für Adrian Hsia* (Heidelberg: Sinchron, 2004), pp. 103–117。

最底层的穷人，引起了他的特别关注。他写过一小段特写，记录了他对他们命运的愤慨，一个人力车夫踩到一块玻璃，继续奔跑，玻璃在脚里越扎越深。①毫无疑问，游记中的这段记录是他抵达墨尔本后写下这首诗的素材。此诗不仅表达了义愤，还指出了宗教信仰的无益。有那么一会儿，诗中的受伤者觉得木佛像活了，但为了不让读者也产生这种错觉，拉维奇在最后一节告诉我们，是庙里的仆人拿了钱，将死者拖走了。

拉维奇用诗讲述了人力车夫的故事，他还用叙事诗讲述了北京、哈尔滨和广州的故事。诗人把自己的所见所闻写成置身事外者眼中的故事。在这首关于上海的诗中，以及他写的其他诗中，拉维奇似乎毫不费力地就创造了一种奇妙的跨文化融合，他插上想象的翅膀，仅凭寥寥数语，便捕捉到两个不同的世界。

---

① Jewish National and University Library, Jerusalem, Ravitch Collection, file 2: 375, 145.

犹太难民抵达上海，走下轮船。

犹太难民下船后登上前往收容所的卡车。

安妮·F. 维廷

（Annie F. Witting，安妮·费利西塔斯·维廷，出生名是威廉，
1904—1971）①

威廉一家最初来自波兰的波兹南，1922年起开始居住在柏林。安妮·维廷（图13）于1927年结婚，婚前曾在一家书店短暂工作，此时她似乎没有表现出任何商业经验，这要到了上海才展露无遗。写这些信的时候，她30多岁。安妮的儿子彼得·维廷（Peter Witting）写道："她保留了她所写信件的全部副本，我怀疑她还重新打印了一些信件。"她生长在一个中上层阶级家庭，衣食无忧。上海的生活经历让她措手不及，毫

图13 安妮·F. 维廷的照片（1939年2月），承H. P. 维廷准许使用。

无准备。维廷夫妇在上海住了8年，于1947年前往澳大利亚。

---

① 安妮写于1939年7月的信件收藏在Irene Eber Collection, Yad Vashem Archives（078/1）。

书信（1939年7月）

致所有亲爱的朋友：

我们已经在新的家园住了四星期，可以客观地观察欧洲人眼中的所有新鲜事了，也能够向你们汇报了。但我首先想知道，你们有没有收到我从新加坡或香港寄出的长信，那是我在船上写的。

6月4日，大约上午10点，我们抵达上海。先花了几个小时办理护照和海关手续，下午4点，卡车将我们和船上的其他移民送到一座难民收容所（Heime）①。我们住一个房间，有男人、女人和孩子，一共34个人。以欧洲的标准看，卫生间设施糟糕得无法形容。我们不得不排起长长的队伍用餐，即使天气恶劣，也得排队走上一刻钟才能到达吃饭的地方。早餐是搪瓷杯装的茶水和干面包，午餐［正餐］吃砂锅菜，晚餐是茶水、干面包和两个鸡蛋或两根香蕉。这就是收容所的真实情况。每个住收容所的难民必须时常去厨房或房间里干活，我就干过这些活。但这并不令人反感，干点活没坏处；然而，收容所里的大多数人目光短浅，整个移民环境令人沮丧。多亏了我哥哥的慷慨，我们只忍受了两天，就去找自己的住所了。幸运的是，我们在一对维也纳建筑师夫妇的房子里找到一间房，是间带阳台的大房，还有花园、电话、冷热自来水，

---

① Heime是"家"的意思，这是犹太难民最常用来称呼收容所的德文名字。——中译注

以及带有厕所的浴室——这每一样都不容易得到。除我们外，这栋房子里还住着另外15位移民，其中一位是来自柏林的牙医……

上海人口共450万，其中欧洲人只有5万，可见这里的气候很不利于健康。无论天冷天热，空气总是潮湿的。谢天谢地，到了晚上，还算凉爽，而印度就不是这样了。针对这种气候，我们常用的预防措施包括：只喝开水；外出必须戴墨镜，否则会中暑；只吃煮熟的水果；不赤脚行走，以防感染香港脚，这是一种严重的皮肤病，很难治愈。在上海，很容易感染各种流行性疾病。还在船上时，我们就已经接种了霍乱、天花、斑疹伤寒和伤寒的疫苗。但到了上海，必须再次接种，而且一年内要接种四次。不挂蚊帐就难以入眠，此外，还要点上一支香烛，作为额外的防护。我已讲了中国的很多缺点，尤其是每天要采取的诸多防范措施，亲爱的朋友们，你们听了，想必会为不得不生活在这里的欧洲人难过。这绝非我的本意。我只不过想告诉你们真实的亚洲生活。

上海是世界著名的港口城市，最有趣不过了。尚未找到工作的移民大多住在日本人控制的虹口区，但那里也有很多移民开办的德国商店和企业。总之，虹口就像一个［欧洲的］犹太人隔都，所不同的是，许多中国人和日本人也住在虹口。商业生活要去城里，也就是去所谓的公共租界。但如果把公共租界仅仅看作欧洲人的地盘，那就错了。相反，许多中国人也住在那里，从人口统计数据就能看出，中国人实际占了人口的大多数。

与柏林相比，上海的交通工具更加多样：豪华轿车、人力车、公交车、有轨电车等。上海占地面积很大。抵达不久，我们就买了一张上海地图，以便快速确定方位。现在，我们觉得自己完全像当地人，为能够帮助其他移民认路而感到自豪。我们同情移民中最贫穷的人，他们完全依赖［斯皮尔曼］委员会[1]的援助。只要想想委员会所完成的工作，就会发现那真是巨大的任务：数以千计的移民得到了住所和食物。到今年年底，预计会有20000移民。也就是说，届时将有20000移民来此，委员会将为大多数人提供食宿。综合考虑，委员会为每个人提供的东西都非常慷慨。移民们缺钱，许多人甚至连去城里找工作的车费都付不起。

我们已经建立起不错的社会关系，一位英国的大学教授曾邀请我们做客，我们还拜访了几个欧洲家庭。社会关系在这里非常重要，比在欧洲重要得多。我们的出口计划开始成形……总的来说，上海的生活成本不太高。但房租却高得离谱。一套两室公寓需要160德国马克，一个带家具的房间需要50—60德国马克。食物相对便宜，洗衣最便宜。一件亚麻夹克，洗和熨仅需4德国芬尼。当然，工资也低。你们不难理解，要和中国工人竞争并不容易。要想在这里获得成功，必

---

[1] 1938年10月成立，得名"援助欧洲来沪犹太难民委员会"（Committee for the Assistance of European Jewish Refugees in Shanghai）。由于该会的积极的领导工作不久就转入其首任司库米歇尔·斯皮尔曼（Michelle Speelman）之手，故通称为斯皮尔曼委员会。——中译注

须受过职业训练。

上海的雨堪比欧洲的暴雨。行人需要穿高帮胶靴才能上街行走。据说12月以前，上海的气候相当宜人，宛如欧洲的春天。我们有些关系不错的熟人，有的是在船上结识的朋友，他们和我们一样，希望摆脱移民身份，而不是像许多移民那样深陷其中，无法自拔。许多移民没有目标，也没有任何抱负，仅仅满足于头有片瓦遮身、亲友每月寄来的支票，以及负担得起伙计和阿妈[干各种家务活的男仆和女仆——伊爱莲注]的生活。我们同情他们！至于我们自己，我们很高兴再次成为自由的人，很高兴有可能创造自己的生活。尽管我们怀着沉重的心情离开，但我们再也不想回来了。我们在你们那里失去了太多，也受了太多苦。

我们已经要求美国驻柏林的领事馆把我们的文件寄到美国驻上海的领事馆。也许再过一年，我们就有机会去美国了。这里的气候不利于健康，流行病的危险始终存在。

我们想送孩子们去英语学校上学。由于天气炎热，假期要持续到9月。孩子们感觉很好，尤其是因为我们有美丽的花园。马里恩已经能和家里的伙计流利交谈了。我们与其他房客一起雇用了这个伙计，每月给他的工钱是3元上海币①。目前，我们每天中午在外面吃正餐，我准备早餐和清淡的晚餐。

① 这里指法币。1937年中国军队从上海撤退后，上海仍通用法币。法币，即国民政府的中央、中国、交通、中国农民四家银行发行的纸币。1941年1月，汪伪政府的中央储备银行成立，发行储备券，并以之兑换法币。但储备券发行后受到抵制，未能普遍流通。当年12月8日太平洋战争爆发，日军占领公共租界后，储备券才逐渐取代法币在上海全面流通。——中译注

我们的物品还没有到，因为图便宜，我们当初选了途经汉堡和南非的寄送。我发现挂衣箱和睡袋非常实用，强烈建议随身携带。

我们甚至还去过几次屋顶花园，英国人和美国人经常喜欢去那里跳舞。你们近来如何？我写了这么多关于我们的事情，还没有问你们的情况，请快点给我们写信。

最诚挚的问候！

安妮·维廷

安妮·维廷的信件是写给家人和朋友的，她可能还给他们附上简短的私人便条。这些信件之所以引人注目，有几个原因。她是敏锐的观察者，知道如何记录所见所闻。值得注意的是，她从不使用"难民"（Flüchtling）一词，而是一直把新来的人称为移民（Emigranten）。大多数新来者肯定更喜欢"移民"一词，但这也表明她并不认为自己是受害者，也不是遭到驱逐的人，而是一位希望在新家园开启新生活的人。虽说如此，她并不抱有幻想。她不加润色地报道了上海不利于健康的气候，如何防护才能避免生病，以及那里艰苦的生活条件。最重要的是，维廷似乎要说，一个人不能屈服于不幸，必须保持自己的目标，并且，正如我们将在下一封信中看到的那样，必须努力改善现状。有些人不停地批评斯皮尔曼委员会，不断挑刺找碴，安妮·维廷却看到了这些商人承担的艰巨任务。他们不是训练有素的社会工作者，但知道自己责无旁贷，需要竭尽全力，尽量满足新来者的最低需要。他们确保每个人有吃有住，为此，维廷以罕见的洞察力称赞了他们。

在上海塘山路上行走的犹太难民。Eric Goldstaub摄，约1945年。

阿尔弗雷德·弗里德兰德

（Alfred Friedlaender，生卒年不详）

关于阿尔弗雷德·弗里德兰德，如今只知道他的职业是工程师。下面这首诗是为了纪念1939年12月6日的光明节庆祝活动而写，庆祝地点位于上海塘山路[①] 992号。[②] 当天晚上，晚会主持人伊利·赫申松（Illy Hirshensohn）夫人朗诵了此诗，作为当晚娱乐节目的一部分。

开场白（1939）[③]

"螃蟹"一家达成了决议，

全体同志都必须看齐。

[①] 今名唐山路。——中译注

[②] 光明节（Hanukah，字面意思是"献给"）是犹太人纪念公元前165年他们反抗异族统治获得胜利，收复耶路撒冷，洁净第二圣殿并将圣殿重新献给上帝的节日，为期8天。上海犹太难民另有一首诗，纪念1943年的光明节，见张帆、徐冠群主编：《上海犹太流亡报刊文选》，北京：世界知识出版社，2019年，第26—27页；饶立华：《〈上海犹太纪事报〉研究》，北京：新华出版社，2003年，第264页。——中译注

[③] Irene Eber Collection, Yad Vashem Archives（078/16）.

庆祝光明节，

须不遗余力。

良宵令人欢喜，

美食让胃沉迷。

现在瞧瞧我们的东道主，

作为"螃蟹"长相倒也不俗。

他的英语够不上文雅，

没有口若悬河的天赋，

他操起中文反倒清楚，

与伙计①如好友般相处。

"螃蟹"太太非要登场，

她骄傲得有些膨胀，

她的歌声和口哨声，

白天与黑夜都嘹亮。

有时真声假声换着唱，

押韵词却带着犹太腔。

女儿斯特拉好勤劳，

站在厨房的灶台旁，

总在蒸煮、煎炸、烘烤，

---

① "伙计"指这栋住户每月花3元上海币合伙雇用的干杂活儿的中国雇工，见上文安妮·维廷的书信。——中译注

让众人觉得颇反常。

口腔是鲁宾斯坦博士的专长，
不久前他还当着牙医。
可如今他只想着自己，
打起架来倒浑身是力。

伯格海姆先生曾看走眼，
无意间错将扩音器吞咽。
而今就算有心低语，
声音也会骤然飙尖。

赫申松夫妇，好得像双胞胎，
一年复一年，从不高声翻脸，
婚姻美满的他们，你侬我侬，
因为老婆一下令，他必服从。

维廷爸爸可是个坏脾气，
只喝别人眼中恶心的东西。
我们希望他把这个习惯放弃，
举杯祝他身体安康万事如意。

维廷妈妈炉旁打着电话，
经营的出口企业很兴旺。

她觉得法租界才是家乡，
而塘山路是交友的地方。

他们叫她马里恩、梅森、玛丽安德尔，
我们不太喜欢她现在的做派。
只希望我们这个声明，
会让她变得跟我们一样和蔼。

彼得毫无疑问会成为工程师，
他忙碌和吵闹，没帮手可招揽，
在黑暗的角落里射出光线，
用他的电池和电缆。

盖尔布家划出红线，
与群鼠展开了搏斗。
没有哪只老鼠胆敢越线半步，
让我们向盖尔布家鼓掌欢呼。

诗人的侄子起居不合情理，
我们这个家不常将他见到。
从晚上两点到中午十二点，
却能发现他在休息或睡觉。

我们还得哀悼损失，

请诸位起立，

让我们一起悼念

"麦基"和"团团"的生平经历。

这些高贵的狗儿，

死得也高贵，

所以在天堂的狗的唱诗班里，

它们吠个不停，乐此不疲。

我们开始虔诚无语，

愉快地结束这次相聚，

连同"雪莉"，这只称职的看家狗，

正对着食物哼哼唧唧地打招呼。

还有"慕希"，一只填不饱的馋猫，

十二只猫崽在她丰满的肚里孕育。

也别忘了我们如此能干的伙计，

毫无疑问，他是天之子，

我们没有怨言，只觉满足，

因他总令我们骄傲，从不辜负。

诗人谦逊，不喜嬉闹喧嚣，

只求将他的沉思琢磨明了。

他祝大家光明节快乐，

愿犹太人好，其他都不要。

《开场白》虽是业余爱好者所写，却能唤起人们的回忆，且语气带有温和的讽刺意味，给一个肯定不容易的局面平添了幽默。当时，西格蒙德和阿黛尔·克雷布斯（Sigmund and Adele Krebs）拥有的7个房间的屋子里住着15人（克雷布斯在德语中是"螃蟹"的意思，因此前几节诗中有"螃蟹"一词）。但是，彼得·维廷告诉我，1943年2月以后，无国籍的难民不得不迁入虹口，于是屋子被隔成9间，住客增加到23人。此诗清楚表明了这些房客的个性。这些人本无共同之处，若非形势所迫，不会挤在同一屋檐下。

但那是非常时期，欧洲爆发了战争，亲人被抛在身后，上海的生活举步维艰。虹口虽然还没有三年后那么拥挤，但即使在1939年，难民们也需要大度的相互宽容才能同舟共济。也许诗人夸大了某些特征，比如，伯格海姆洪亮的嗓音，或者诗人侄子的熬夜；然而，人人都有一些招人嫌的习惯。这首诗以开玩笑的方式，描写了这些中上阶层的难民发现自己身处拥挤的环境，不得不对先前的舒适生活做出调整。

2006年4月，彼得·维廷发现，由于大连路被拓宽，当年住过的那栋虹口老房子已被拆除。然而，这首为一个小而杂的室友圈的轻松娱乐而作的诗，却仿佛一座屹立不倒的纪念碑，见证了上海难民的生生不息。阿尔弗雷德·弗里德兰德的声音或许显得业余，但非常值得倾听。

埃贡·瓦罗

（Egon Varro，1918—1975）[1]

瓦罗在上海期间为多家报纸撰稿，1939年7月创办了自己的报纸《横断面》（*Der Queerschnitt*），但运营时间很短。他还为英国新闻处（British Information Service）工作。1941年，他随一群难民离开上海，前往澳大利亚，在那里加入英国军队。第二次世界大战后，他显然为德语报纸撰稿，除了在澳大利亚的报刊上发表文章，他还参与了德语广播节目。[2]

---

[1] 本简介基于 Wilfried Seywald, *Journalisten im Shanghaier Exil 1939–1949* (Vienna: Wolfgang Neugebauer Verlag, 1987), pp. 238–239, 以及 Humphrey McQueen, *Social Sketches of Australia, 1880–2001* (Queensland: University of Queensland Press, 2004), rev. ed., p. 231。

[2] 虽然瓦罗用英语写作，但他显然依旧笔调自信。见 "The Australian Correspondent," *Observer*, vol. 3, no. 7 (April 2, 1960), pp. 13–15。

是的，那就是上海（1939）①

终于下了船，

刚打算什么都不想

又或者事事都思量，

也许还想到囊空如洗。

但突然就得动起来，因为

三百个苦力像狂奔的蚂蚁，

提着我们的行李，

带着歌唱、咕哝、呼喊与喘息，

正跑向这里。

是的，那就是上海。

外滩上，有人问："说法语吗？"

拐角处一个柏林人喊着："喔，不！"

记者向我们问候："你们好吗？"

苦力一旁看着，满脸茫然。

公交车上，人满为患，

---

① *Shanghai Woche,* no. 1（March 30, 1939），p. 3.［此诗德文原文见Irene Eber, ed. *Jewish Refugees in Shanghai 1933–1947: A Selection of Documents*, Göttingen: Vandenkoeck & Ruprecht, 2018, pp. 195–197 (Document 44)，本书中译文译自德文原文；另一中译文见张帆、徐冠群主编：《上海犹太流亡报刊文选》，第1—3页，此书还翻译了瓦罗的两篇散文，其中一篇也以抵达上海为主题（第110—111页）。——中译注］

一个声音响起，"说西班牙语吗？"①

最后来了三个维也纳人，

想从意大利人那里打听

中国邮局是否就在附近。

是的，那就是上海。

到虹口有公交车，

如果满座，就步行，

或者搭黄包车。

如果熟悉路线，

只要付两毛钱，无需开口；②

但如果礼貌地问："多少钱？"

车夫立即就回答："一块钱。"③

这里与世界其他地方不同；

我们眼下还没有钱，

有的只是每天数小时的雨，

作为我们的长久的祝福。

对此，我们已经习惯，

但打伞招致路人的皱眉，

肯定还是令有些人新鲜。

---

① 上面四句引语原文分别是法语、德语、英语和西班牙语。——中译注
② 此句伊爱莲所据的德文原文有缺失，这里根据张帆、徐冠群主编的《上海犹太流亡报刊文选》里的中译本补充。——中译注
③ 上两句引语原文是英语。——中译注

是的，那就是上海。

无论在欧洲还是在此处，

这话都适用：人是习惯性的动物。

巴比伦式各种语言的喧嚣，

随着黄包车和人群而不断流动，

充斥在美元、里拉和英镑的兑换中，

可惜还有不健康的天花，

以及摩天大楼、苦力、上尉、

南京路和鲨鱼牙齿状的标线。

老上海人不会被这一切吓住，

人必须活下去，将责任肩负。

即使住在小镇上的人主张

不值得努力付出，

百年后皆归尘土，

但现在我们在此处：

那就是上海！

初看之下，我们可能会对此诗不屑一顾，以为它是西方优越感的典型表现，是在嘲笑"奇特有趣"的中国人。然而，细细读来，瓦罗的诗可以看作流亡文学的出色例子。这名21岁的男子蓦然惊觉，自己来到一个陌生的国际大都会，周围的人来自世界各地，说不同的语言；虽然这片土地是中国人的，但他们似乎都是卑微的劳工，即"苦力"。他的反应与一些波兰犹太作家的反应完全不同，后者对中国人在这座贫富极度分化的城市里的处境表达了道德义愤。瓦罗则不同，他选择了戏仿，创作了一首讽刺诗，揭示了他自己对语言、超载的公交车、连绵不断的雨、货币和城市供应匮乏的反应。讽刺自己的流亡状态，也可以是一种防御，"是一种对抗故国传统的毁坏者的武器，同时也是一种自我纠正"。[①]因此，最后五行诗令人心酸：斗争可能劳而无功，但这位年轻人断言，"现在我们在此处"，这与任何种族、宗教团体或民族一样，都是这座城市动荡的国际景观的一部分。

---

① Werner Vordtriede, "Vorläufige Gedanken zu einer Typologie der Exilliteratur," in Wulf Koepke and Michael Winkler, eds., *Exilliteratur 1933-1945* (Darmstadt: Wissenschaftliche Buchgesellschaft, 1989), p. 38.

公交车上的拥挤。许福绘于上海。

唐维礼

（W. Y. Tonn，1902—1957）

毫无疑问，唐维礼是这一时期来到中国的最引人注目的流亡者之一。虽然他是难民社区的一员，并和难民们一起工作，但他并非真正的难民，也不认为自己是难民。他生在富裕的德国犹太家庭，曾经在柏林学过包括中文在内的亚洲语言。1939年4月，唐维礼来到上海，用他的话说，这是"出于对东方的向往"。[1] 在当时的上海，在向难民解释中国及中国的风土人情方面，没有人比得上他，他不仅在当地报刊上发表了多篇文章，而且还举办了著名的亚洲研讨会。亚洲研讨会成立于1943年，一直持续到1948年。这个研讨会时断时续，有大约30位教师授课，讲授多门语言，包括专门为医生和律师开设的特殊中文课程，以及中国哲学和科学课程。[2]

---

[1] "American Seminary to Ready Local Jews for Life in the U.S.," *China Press*, August 31, 1946, pp. 5 and 12.

[2] 一份1944年春季亚洲研讨会的课程表，见Irene Eber, ed. *Jewish Refugees in Shanghai 1933–1947: A Selection of Documents*, Göttingen: Vandenkoeck & Ruprecht, 2018, pp. 323–326 (Document 73)。——中译注

唐维礼于1949年移居以色列。[1]

奇异的上海（1940）[2]

一颗圣牙

一天，我咬到一颗没有去皮的米粒。我把它取出来，但我一颗牙齿的牙冠也掉了下来，只剩下烂牙根。我很难过，去看牙医，请他拔掉牙根。这位牙医天性开朗，与我的性格不同，这让我的脾气更坏了。他一不小心，差点把我的牙根扔进垃圾桶。这是我的东西啊，怎么说我也花了五块钱才把它拔掉。好在他没得逞。

接着，我去一家商店买围巾，冬天快到了。店主是一对从比利时来的老上海夫妇。买完后，他们关切地问起我肿胀的面颊，于是我告诉他们我的牙齿出了点问题。

这对夫妇满脸严肃，要买下牙根，但我不同意。我们为此谈判了整整一个小时，在此期间，我告诉他们，交出身体的一部分是不明智的，因为它有可能被用于巫术。这样考虑的话，它就是一件圣物，跟遐迩闻名的锡兰康提庙中的佛牙一样。只花五块钱〔这对夫妇的出价〕买这么宝贵的牙齿是不够的。与头发或指甲相比，牙齿并不能再生。这么说还是

---

[1] 他的生平细节，见 Weiyan Meng, "Willy Tonn: 'The Fighting Scholar' of Shanghai," *Sino-Judaica: Occasional Papers of the Sino-Judaic Institute*, vol. 2 (1995), pp. 111–128。

[2] *Der Mitarbeiter,* no. 6 (December 27, 1940), p. 6. Harvard College Library, Judaica Collection, Reel 96–2702 26061.

不管用，我只得将牙根以十块钱的价格出让。

值得一提的是，我还在柏林的时候，一位精力充沛的古董商曾出价25德国马克，买走了我的一根五厘米长的指甲。我把指甲放在垫有粉色棉布的玻璃盒里，告诉他此乃神圣的佛陀遗物。

天上的警察

人人都有与中国雇工打交道的经历。我的经历来自我的阿妈［家庭清洁工］，她今年26岁，是三个孩子的妈妈。她已为我干了一年多，负责打扫卫生，洗衣服，买东西，还烧些中国菜。对她来说，为我工作是出于神的安排和手头有点"拮据"，也算值得。我住的房子里只有中国房客。由于就我一个外国人，我得了一些好处：拿到了照例要有的"铺保"（bubao），①懂得了其他一些礼节，减少了租金，知道了什么场合说什么经典谚语。

房子里当然格外拥挤，还住着另外五个阿妈和一个上了年纪的"伙计"。由于洗晒的衣服很多，又杂乱不堪，失窃时有发生。像手帕这样的小物件，一经投诉，通常会再次出现。一天，又传来一阵喧闹，我的阿妈含泪跑进我的房间，喊道："有个强盗偷了十块钱和一件新衣裳。"好吧，我已经习惯了悲伤和难过，就敷衍了她几句。我阿妈有个好听的名字——阿诗拉（Ah Shila）。我觉得她只是想从我这里拿点钱寄给她

---

① 铺保，指以店铺名义出具的担保证明。旧时打工需要有其他店铺提供的此类担保，如果让老板蒙受损失，老板会向出具铺保的店铺索赔。——中译注

丈夫。尽管如此，出于同情，我还是建议她带上我的名片，连同其他五个阿妈和那个"伙计"去市警察局投诉。

此事惊动了所有房客，他们对我这个外国人的建议都非常热心，除了那个偷东西的。……阿妈想起了那句老话："生不入公门，死不下地狱"（用我们的话说就是"君王不召就不去见"），恳求我不要把她送到警察那里。她辩称，别的阿妈比她有钱，所以在法官眼里有理。她几乎不相信起诉不用花钱，而法官也不会要钱。我也无法让她确信这点。此间的人普遍认为，谁花钱多，谁便有理。这种想法太根深蒂固了。

因为她拒绝去警察局，我们便动用了一种古老的风俗。巷中间摆出一张桌子，放上一个香炉，里面又点燃大约50根香。所有六个阿妈和那个"伙计"聚在桌子周围，很快就有数百名中国人围了过来，有的是从相邻房屋的阳台和屋顶花园探身观看。接着，演出开始了。我的阿妈第一个出场。她躬身跪在桌前，举起双臂，高声向众神祈祷。她讲述了失窃经过，哀叹自己命苦，乞求神灵助她惩罚作恶者。然后，每个阿妈都要跪下来祈祷，为自己的清白辩护，如果撒谎，必遭厄运缠身，并恳求神灵找到小偷，追回赃物。"伙计"最后一个出场。终了，我的阿妈再次下跪，将控诉和祷告重述一遍，并再次呼求神灵惩罚偷窃者。

有趣的是，没有人质疑或指责在场的人，这样就没有人丢面子。第二天早上，令人惊讶的是，阿诗拉给我看了她睡醒后在床上发现的那件衣裳和十块钱。有时候，神灵似乎比警察管用。

上面翻译的两个小插曲掀开了上海生活的一角。在第一个小插曲中，作者嘲笑自己曾经欺骗一位柏林古董收藏家的把戏。他含蓄地说，他擅长把一文不值的牙齿冒充文物，也善于像中国人一样讨价还价。

不过，我们是否应当怀疑第二个小插曲沾染了东方主义呢？唐维礼有没有把中国风俗浪漫化了？仔细观察的话，就会发现情况似乎并非如此。在当时的上海，失窃天天发生，唐维礼并没有告诉读者任何新东西。他的新颖之处在于，他细致描述了一种召唤地方神灵伸张正义的仪式。阿妈坚信神灵会显灵，而小偷也笃信神灵会惩罚。唐维礼讲述这个小故事，并非是想展示"那些奇特有趣的中国人"。相反，我想他的目的是阐明庆典和仪式在中国人日常生活中占据的地位有多高。

贺理士·嘉道理（图中站立者）出资建立上海犹太青年协会（SJYA），图为他在1941年5月出席上海犹太青年协会举办的体育比赛的开幕式。

犹太儿童在嘉道理学校的操场上举行每年一度的体育比赛。

安妮·F.维廷

书信（上海，1940年1月4日）^①

致所有亲爱的朋友！

现在已经是1940年。你们在欧洲，我们在中国的新家园……但首先，我衷心祝愿你们身体健康，心想事成。

你们很可能以为维廷一家已将你们忘掉，当然并非如此。很不幸，我们刚刚度过了一段难熬的日子。先是我得了热带痢疾，病了6周。随后我丈夫患上特别严重的病，一病就是14周。痢疾引起心脏发炎，让他不得不在英国人开的医院里住了4周，剩下的时间在家休养。他的诊治医生连续12周每天来就诊。我们认识一位医术高超的柏林医生，他［在这里已经生活了］8年，尤其擅长治疗热带病愈后的疲惫。每天，我都要去买许多药，必须保持非常仔细的饮食等。他的恢复还需要昂贵的精心护理。谢天谢地，我们终于挺过了这段艰难时日。

---

① Irene Eber Collection, Yad Vashem Archives（078/1）.

虽然还没有百分之百地康复，但他已基本恢复，平时还要十分小心。心脏发炎不能很快治愈。他已瘦下去40磅，必须补回来。

除了照顾丈夫，我还得承担起家庭责任，尤其是盘算家里的开支。一方面，我们有我哥哥的资助。另一方面，我做了一些出口生意（内衣、猪肠等），又卖掉了家里闲置的水晶，水晶在这儿能卖个好价钱。有了这笔钱，我在美元低的时候买进，高价时再抛出。这些交易让我挣了不少钱。当然，我只用闲钱做这种风险投资，这样才能等到可以出手的有利时机。我带到上海的一家德国运动服公司的运动外衣也被我卖了……中国人在仿制方面真有一套，在一位欧洲裁缝的指导下，他们正在生产这种运动外衣。一种英国的面料"鲍别林"（Popeline）防水又不褪色，也在这里仿制成功了。已经有几个国家订购了样品。我结算都用美元，这是世界通用货币。上海的钱不能在世界市场通用。我们可以生产非常便宜的产品，因为中国人的工资极低。他们的生活水平完全不同，微薄的收入就能让他们心满意足，即使在这里我们也根本做不到。女式真丝内衣也是不错的出口产品。丝绸价格便宜，而且是最精良的手工……花很少的钱就能买到。此外，中国人比欧洲人更有耐心。亚洲人的沉着冷静举世闻名！

查询了各家内衣公司分店的通讯录后，我锁定了要去拜访的几家。那些愿意和我做生意的商家，最终都同意用美元结算，并答应给我10个点提成。条件谈妥后，我便开始工作。我把样品寄到国外，无须承担风险就能赚到钱。当然，我还去见了不少商业代表，同他们商讨进口费用。我还想知道……与我做生意是否对各国都有利可图。出口费用在这儿归海关管。我很高兴能用英语讨论所有的业务安排。生意上的事让我感到责任重大又疲惫不堪，但我依然乐此不疲。南非商务代表和美国商务人员特别和蔼可亲。在这些买卖获得收益之前，我还做了一家美国保险公司和某家袜业的代理。从分店的通讯录上，我找出中国商铺，给出的报价比批发价多出10个点，但仍比他们从仓库拿货便宜，因为我不收管理费。这样一来，我每天都能赚点钱，毕竟人人要穿袜子。我还给与我签订运输和保险协议的公司供应袜子，因为有时需要几周时间才能支付保险费。一个人必须知道如何操纵这个系统！我丈夫治病的费用实在太高，我成天担心我们应付不来。早上起床后的第一个念头和晚上入睡前的最后一个想法都是：挣钱！有时我都认不出自己了，我从来都没有这么现实过。但既然失去了美丽的家和曾经的一切，我决心重新开始，踏踏实实地生活，摆脱移民身份，尽快参与国际贸易。

孩子们在这里感觉很好。他们在一所用英语授课的学校上学。两人都已经升了一级。除了学校，上海第二大富豪、塞法迪犹太人嘉道理先生还创办了一个俱乐部，[①]它在各方面都像英国的青年俱乐部。每周，孩子们有三个下午去俱乐部。

① 指贺理士·嘉道理（Horace Kadoorie，1902—1995）出资建立的上海犹太青年协会（SJYA），它于1937年奠基，1939年开放。——中译注

他们可以上一位英国妇女开设的英语会话课、一位法国女老师讲授的法语课，或者上音乐课。男孩们学习如何修理收音机、踢足球、做会计、做英语速记、练柔术、练拳击、野营烹饪等，女孩们学习有教养的人都应当知道的科目。教室是以封建时代的风格装修的；孩子们可以去剧院、听音乐会、徒步旅行、听英语讲座；所有这些都由喜爱儿童的嘉道理先生资助，他希望从移民儿童的眼中再次看到幸福和满足，离开德国和由此产生的自卑情绪已经让这种幸福和满足部分消失了。在孩子们完成学业后，他们应该能说一口流利的英语。嘉道理先生还承诺一旦所有青少年完成学业，就为他们找到工作。父母只要为这些慷慨的礼物付点小钱就行了。你们看，这儿为年轻人做了不少事情。

现在是1月了，我们迎来了全年最宜人的天气，类似于欧洲美丽的5月。此刻，我坐在［封闭的］阳台上，窗户开着，阳光灿烂，我不禁想起了你们，以及和你们一起欢度的时光。那种永远无忧无虑的感觉怕是再难有了。

我们继续住在虹口，也就是大多数移民居住的日本人的地盘。如果住在公共租界或法租界，肯定更有意思、更舒适，但那里房租太高。我们暂时还负担不起。然而，我不是整天都在家，我的生意在公共租界和法租界，此外孩子们的学校就在家附近，这里的空气质量也比城里要好。中日战争以前，有财力的美国人和英国人在虹口都有别墅。现今，一切当然都在日本人的控制下，日本人的敌视导致不少别墅遭到毁坏。因此，移民常常能以低价购买房产，再重新翻修。

只要挣钱多，就能在上海过上欧式生活，而忘掉这里是亚洲。上海有最漂亮的公寓，这里有别墅、公园、剧院、电影院、音乐会、艺术家，还有带屋顶花园的美式百货商店，真不愧是国际港口城市。每一次，我都会为周围五彩斑斓的生活而欣喜若狂。只要睁大眼在这座有趣的城市里走一走，看一看热闹的场面和国际活动，就能明白我的话了。令人惊叹的法国时装店，美国式的摩天大楼，五光十色，多姿多彩，真的举世罕有。在这里，处处可见亚洲文化与欧洲文化的碰撞。我真想把一切都给你们看看。有时我觉得自己好像真的活在童话世界里。不久前，在一个典型的中国人街区，我们看到了集市，那里有精美的中国花瓶、珠宝、烛台、小盒子，还有五颜六色的古董。卖主待在灯火通明的形形色色的小棚子里，高声夸耀自己的货物。完全是典型的东方气息。离这不过两个街角，就是繁华喧闹的都市生活。酒吧、娱乐场所触目皆是，美容院一个挨着一个。上海的国际范儿更是随处可见，到处是美国人、英国人、俄国人、法国人、印度人、德国人、中国人、日本人。日本人身着鲜艳的服装，仿佛又把人带回了童话世界。

告诉你们，我只去中国人开的美容院，你们可别笑话我。它们是最好的选择，也是首选。首先，中国人的要价只有欧洲发型师要价的一半；其次，他们更熟练。没有人能像中国理发师那样技术娴熟、干净利落，更不用说还免费提供茶水和香烟。他们不用梳子，只用象牙棒就能设计出最复杂的发型……要是上海的气候不那么潮湿，不那么容易感染流行病，要是中国人不在公交车、马路和商店里随地吐痰，上海会是一个理想的居住地。可你们知道，生活中没有什么是完美的，亚洲的生活亦如此。不管怎么说，我们在这里感觉非常好！！！！

新年的前夜，我们同其他房客一起……在客厅里欢度。聚餐后，大家跟着收音机里的音乐翩翩起舞。这里一位来自斯图加特的工程师创作了关于我们所有人的戏剧作品。彼得、马里恩和房东的女儿做了迷人的朗诵。他们穿上戏服，化上妆，就像真正的男女演员。演出非常成功。12点整，孩子们装扮成烟囱清扫工出现了。灯光瞬间全灭，墙上出现了彼得制作的一幅海报，上面镶嵌着彩灯，海报上的字是"1940年新年快乐"。

圣诞节期间，各大百货公司都有美轮美奂的展览，我带着孩子们一起进城去看。那绝对令人惊叹。我们仿佛步入令人着迷的童话故事。真人大小的木偶不仅五颜六色，还能移动；仿造的森林和其他一切东西也都是实物一般大小，犹如梦境一般。

我说得够多了吧，你们还有什么想知道的？？？哦，忘了告诉你们房地产租赁是如何交易的。一般来说，房主是住在公共租界或法租界的美国人或英国人。他们会以较低的价格把空房子租给二房东，然后不再操心，只要每月收到租金就成。二房东拿到房子后重新装修，再一间一间把房子转租出去［将房子变成了出租房间的公寓——伊爱莲注］。在移民们到来的头几年，房租收入相当可观。但现在要租下整栋房子里的所有房间已经很难了，因为许多人缺乏必要的资金。由于找工作难，许多移民不得不回到收容所。海外亲友的资助无法得到，来上海的移民实际上已停止了。这就是现在一个"房主"面对的实际情况。

我们最近去电影院看了一部很精彩的片子《翠堤春晓》（The Great Waltz），讲述的是圆舞曲之王约翰·施特劳斯的生平，和我们一起去看的孩子们都为之着迷。

早上，我们常常在床上读一会儿从图书馆借来的好书。有时候，我们当然也要出去走走，或者和其他房客一起在客厅里坐坐。他们很可爱，我们相处融洽，就像个大家庭。

上海的难民医生太多了，能获得成功的却很少。有的已在上海待了五六年甚至七年，这些人都有稳定的病人，其中甚至有英国人。但是，和我们一道来的医生就只能给移民看病，而这些病人要么付不起多少钱，有时根本就不付钱。

亲爱的阿尔斯贝格夫人，您的故乡当然是非常迷人和独特的国家，只能慢慢征服。我们欧洲人能理解这点吗？？？

今天就到这吧。向你们所有人致以诚挚的问候。

来自老朋友

安妮·维廷

从这封信中，读者可以很好地了解一个流离失所的家庭是如何在陌生的环境中、在生病和缺乏经验的情况下生存的。维廷一家人确实得到了安妮当时已在南非的哥哥海因茨·威廉的资助。但我们不得不钦佩这位女士为谋生而与多家企业打交道的充沛的精气神。①信中除了工作，还有轻松的时刻。她喜欢圣诞节装饰品、新年的欢庆活动、偶尔看看电影。最重要的是，她的孩子们在学校和嘉道理俱乐部里忙得不亦乐乎。我们可能会因为她对中国工人的评价而感到不快，但我们知道，当时中国劳动力廉价，中国工人受到剥削。她只陈述了事实，她关心的是如何养家糊口。

读者偶尔也能瞥见维廷与中国人的接触。显然，她和其他外国人一样，闯入了上海的中国人地盘。与这座陌生而又奇妙的城市相遇，常常让她产生惊叹乃至冒险的感觉。虽然她几乎没有与中国人建立社交关系，但在此信或她的其他信件中，对文化冲击的恐惧并不明显。这些信件没有提到上海糟糕的卫生条件、无处不在的害虫或恶臭，而这些在日后撰写的许多回忆录中经常可以看到。②

不幸的是，1941年12月太平洋战争爆发，上海与欧美的所有通信联系从此中断。维廷观察敏锐、笔触细腻，这使得他们一家如何在战争期间生存的记录弥足珍贵。这封信还有一个附言，显然是在他们1947年离开上海后添加的。附言上没有日期，由于这不构成此信的一部分，我就没有翻译，现撮要叙述如下：

在太平洋战争爆发前，维廷与丈夫的收入都不错。丈夫在一家美国出口公司做出纳员和簿记员，而她继续担任多家商业企业的

---

① 1943年9月29日《上海犹太纪事报》上署名 "Gertrude Herzberg" 的文章注意到："从前大多娇生惯养的女性，流亡到上海以后，能够比男性更快地适应环境。"见张帆、徐冠群主编：《上海犹太流亡报刊文选》，第196页。——中译注

② 关于文化冲击，参看此文：Helga Embacher and Margit Reiter, "Schmelztiegel Shanghai?—Begegnung mit dem 'Fremden'," *Zwischenwelt*, vol. 18, no. 1 (February 2001), pp. 40–45。

代理。维廷犀利地指出，欧洲人没有教中国人如何做生意，而是从中国人那里学到了经商要领。但是，在战争期间，商业生活和出口业务几乎完全停滞，他们过得极其艰难。尽管如此，孩子们依旧茁壮成长。她告诉我们，彼得想成为一名机械工程师，而马里恩在一所商业学校学习，后来当了秘书。

中国舞女。许福绘于上海。

洛特·玛戈特

(Lotte Margot)

这篇短文耐人寻味,但作者究竟是谁、何时来到上海,均无法确定。威尔弗里德·西瓦尔德提到了一个姓苏斯曼(Sussmann)的洛特·玛戈特。[1] 她可能是《八点钟晚报》的打字员和撰稿人。本文署名是"洛特·玛戈特",我设想苏斯曼就是作者。

中国舞女(1940)[2]

静安寺路。[3]黄包车夫一个急刹车,把车停在跑马场对面的大华饭店(The Majestic)门口。大华饭店是上海最大的舞厅,狭窄的楼梯让人想不到上面竟然设有巨大的椭圆形大厅。大厅四周满是穿旗袍的中国姑娘,她们靠坐在窄窄的折叠椅

---

[1] Wilfried Seywald, *Journalisten im Shanghaier Exil, 1939–1949* (Vienna: Wolfgang Neugebauer Verlag, 1987), p. 359.

[2] *Der Mitarbeiter*, no. 6 (December 27, 1940), Harvard College Library, Judaica Collection, Reel 96–2702 26061.

[3] 静安寺路(Bubbling Well Road),今名南京西路。

上，多得数都数不过来。来客的桌子沿舞池四周摆放。乐队音乐一响，年轻的中国男子就跳出座位，人人手里牵着一位姑娘。

他们欢快跳舞的样子，既不同于欧洲人，也与美国人相差甚远。舞池中的青年男子大部分是学生，姑娘们看起来也是孩子模样。没有哪个"职业舞女"超过20岁。舞池中还有一些女学生，她们也像男人那样，牵着舞伴［即职业舞女］，翩翩而舞。不一会儿，舞池中的男男女女开始热切地疯狂摇摆，年轻的中国姑娘光彩照人，旗袍从她们的长腿上飞走。但欧洲人必须正确认识和理解这种情况，这里并非"爱情卖场"。舞厅始终是非常体面的地方。跳舞的人认为合拍的脚步移动和身体摇摆是门艺术。对舞者一会儿分开，一会儿又优雅地靠近。自始至终，他们都不会面贴面，就好像这是英国大学里以跳舞开场的茶会一般。中国姑娘非常喜欢跳舞，但同时也表现出克制，历代王朝都宣称克制是女性的义务。

灯光伴随着音乐不断变换颜色，紫光和闪烁的绿光与姑娘们红色、黄色的旗袍交相辉映。舞厅里弥漫着的节奏源自美国，但肯定被这些孩子自信地改编过了，中式韵味颇浓，如同千年前印度佛像传入中国后也中国化了一样。中国音乐与这种人控的、响亮的爵士乐有着天壤之别。不过，青年人似乎已经接受了它，让它显得崇高，而那些"百老汇人"却还做不到这样……

凌晨4点。透过住处的窗户，我看到大街上有一个中国女孩，约莫10岁的样子，最多不过12岁。她身穿黑色长裤和

蓝色短衫，正在向她看到的每个路人兜售早报。附近一个目
光呆滞的乞丐，正在跟一个外国人搭讪："先生，我饿死了！"
这个外国人刚刚在灯火辉煌的酒吧里挥霍了四五十块，甚至
一百块钱，而这个乞丐此刻连五分钱都得不到。

　　人们对乞丐已经习以为常、视若无睹了。我也会从他们
身旁经过。然而……我走几步就能看见这个中国乞丐苍白、
饥饿的脸。天哪，我和那个外国人没什么不同。该上床睡了。

　　这篇短文让我们难得地瞥见了"另一个上海"。作者认为，这
些中国学生都是出身好的、有钱人家的孩子，他们喜欢上美国的爵
士乐，经常出入舞厅。这正是兰斯顿·休斯（1902—1967）1933年
访问的上海。休斯说中国人"似乎偏好美国黑人表演者"和美国爵
士乐。[①] 作者觉得大华饭店中没有任何不正当行为，女人和男人一
样喜欢随着爵士乐跳舞。跳舞的女人中，有些是舞厅雇来娱乐顾客
的女招待，她们不是妓女，也不勾引。

　　作者要么太天真，要么太想传达舞厅在上海生活中的正面形
象。舞厅从20世纪20年代开始风行，上海既有高档舞厅，也有供
平民百姓出入的，甚至还有供外国人光顾的。毫无疑问，19世纪
传入的西方交际舞，受到了上海市民的追捧。不过，职业舞女是否
真如作者希望读者相信的那样喜欢跳舞，是可疑的。对女性来说，
在舞厅伴舞是当时为数不多的挣钱机会（除了工厂里枯燥乏味的工
作之外）。虽然这笔收入很可能贴补了家用，但赚钱养家的能力也

① Langston Hughes, *I Wonder as I Wander: An Autobiographical Journey* (New York: Hill and Wang, 1956), p.251.

为她们赢得了一定程度的独立。舞厅、电影院和其他这类公共场所将上海变成了一座贫富对比鲜明的独特城市，本文成功捕捉到上海的这一面。[1]

此类文章，或唐维礼的短文，让读者一窥德国流亡媒体上发表的各种素材。然而，很显然，当时在上海的难民女记者寥寥无几，对于那些能引起女性关注并与男性视角不同的方面，我们无从了解，也无法做出任何假设。[2]

---

[1] 对上海舞厅的描述，见 Leo Ou-fan Lee, *Shanghai Modern: The Flowering of a New Urban Culture in China, 1930–1945* (Cambridge, MA: Harvard University Press, 1999), pp. 23-29.［中译本见李欧梵：《上海摩登——一种新都市文化在中国（1930—1945）》（修订版），毛尖译，杭州：浙江大学出版社，2017年，第30—39页。——中译注］

[2] 关于女性犹太难民的关注点和视角，见本书中译本导读。——中译注

《我们的生活》（俄文周刊，后加英语和意第绪语版面，David B. Rabinovich主编，1941—1946）杂志社前的留影，有可能是编辑部成员。

E. 西姆霍尼

（E. Simkhoni，又名西姆哈·埃尔伯格，约1915—1995）[①]

西姆哈·埃尔伯格拉比是享有盛名的拉比律法学者，在这方面著述丰硕，他对《塔木德》的其他专题也有著述。他可能不是以密尔经学院（Mir Yeshiva）成员的身份来到上海的，[②]而可能和其他一些人一样，是独自来的。除了这首在《我们的生活》上发表的意第绪语诗歌外，他还定期向《言报》（见上文图6）投稿，有时署名为西姆霍尼-埃尔伯格（Simkhoni-Elberg）。《言报》用意第绪语和英语印行，自称是"在远东复兴犹太教的犹太周刊"。在上海，他遇到了米利暗·斯卢茨克（Miriam Slutzker），并和她结婚。斯卢茨克来自哈尔滨，是有名的立陶宛拉比耶胡达·泽利格·斯卢茨克（Yehuda Zelig Slutzker）的女儿。1947年，埃尔伯格携妻子来到纽约，开始了一段作为拉比兼作家的职业生涯，功成名就。他去世后，他的遗孀一直精力充沛，直至去世。夫妻俩葬在耶路撒冷。

---

① *New York Times,* November 2, 1995, and *Dei'ah veDibur,* January 28, 2004.
② JDC, file 462, "List of Recent Arrivals," August 30, 1941. 西姆霍尼和约斯尔·莫洛泰克是同船到达上海的，这两人都没有列在经学院到达者的名单上。

三个国家将我吐出来（1941）①

三个国家将我吐出来，
就像狂风暴雨的海
吐出一具尸骸。

我的家，波兰，
被锁进隔都，遭埋葬，
我不知谁在需要时祈求"仁慈"，
谁在轻声念诵"听，以色列"，
祈望死亡。②

我的继母，立陶宛，赞美密茨凯维奇，③
当红太阳从尼曼河上升起，
在这片红旗飘扬之地，
河水却吞不到一粒泪滴。

一日，白雪皑皑，

---

① "Dray lender hobn mikh oisgeshpign," *Undzer lebn,* no. 20 (September 12, 1941).
② "仁慈"原文为"Rakhamim"，指上帝的"仁慈"；"听，以色列"（Sh'ma Yisrael）是犹太人最常用的祈祷文，也是临终时要念诵的祈祷文。——中译注
③ 亚当·密茨凯维奇（Adam Mickiewicz, 1798—1855），波兰诗人和社会活动家，生于今立陶宛境内，当时立陶宛与波兰共同组成波兰立陶宛联邦，而波兰遭列强瓜分，处于异族占领下，他一生的大部分时间在流亡。鲁迅曾评价他的诗"虽至今日，影响波兰人之心者，力犹无限"。——中译注

我逃离了，满是惊骇，

我的白天没有红色斑迹，

立陶宛便将我吐出来，

就像一个结核病人，

吐出最后的血滴。

在日本，我用海做墨汁，

用天做白纸，

当我写下：给我签证！

连风都呻吟。

在一个潮湿的日子，

日本人戴上口罩，

脚踏木屐，

日本将我吐出来，

吐到了上海。

　　此诗没有一丝自怨自艾，只有愤怒，以及对那些遭到抛弃、仿佛已经被打入死牢的人的担忧。犹太习俗要求诗人背诵与垂死和死亡有关的祈祷文，但吸了一口气后，他又忍不住语带讥讽地提及立陶宛人，他们赞扬他们的民族诗人亚当·密茨凯维奇，但当苏联军队跑来升起红旗时，却无人流泪。诗人接着告诉我们，他在紧要关头逃脱了，他不得不逃离，因为他不想或不能生活在苏联统治下，这次来到日本落脚。他在日本还是留不下来，就算有心去别处，旅行签证也遥遥无期。

　　本诗要表达的强烈情感在六个诗节中都得到了精心安排。第一节讲诗人遭受了强力驱逐。第二节反复提到死亡和那些留在波兰的人的垂死挣扎。第三、第四节强调颜色：红旗、红血、白雪。第五节延续了颜色的主题，黑色的海洋、白纸，但又引入了一种永恒的感觉，等待着似乎永远不会到来的签证。最后一节是诗人对他临时住所的最后印象，是对日本人的一个印象：戴着预防感染的外科口罩，穿着特有的木屐。①

---

① 关于此诗和对此诗的评论，见塞弗特（Dorthe Seifert）的德语译文，载 Irene Eber, "Auf einer einsamen Insel, Jiddischer Dichter in Shanghai," *Jüdischer Almanach, 2001/5761 des Leo Baeck Instituts*, pp. 163-164。

库尔特·莱温

（Kurt Lewin，化名"克鲁文"［Klewing］，1908—约1950）[1]

　　反法西斯主义者莱温于1939年从柏林逃到上海，为上海出版的多家德语报纸工作。除了《上海犹太纪事报》，这些报纸大都昙花一现。他通常被当作记者、作家和演员。与意第绪语诗人不同，莱温倾向于写讽刺诗，他最后一批诗歌于1946年以《每周的沙拉》（Der Wochensalat）之名出现。1947年，他回到德国，先住在民主德国，后搬到联邦德国。在德国，他创作了广播剧。1943年，他出版了一本散文集《上海与我们》（Shanghai und wir），但此书似乎在所有知名图书馆中都找不到。

再多些光明（1941）[2]

　　　　悲伤之家，歌德正值弥留之际，

---

[1] 莱温的小传基于此书的一条简短介绍：Werner Röder, et al., eds., *Biographisches Handbuch der deutschsprachigen Emigration nach 1933* (Munich and New York: K.G. Saur, 1980), vol. 1, pp. 440–441。

[2] "Mehr Licht," *Die Laterne*, no.1 (June 14, 1941), p.4. YIVO Institute for Jewish Research, Reel Y–2003–1854.8.

黯然神伤的哀悼者们在倾听
睿智的言辞。
他的劝诫细若游丝：
"再多些光明！"

在我们的世界，在所有的国家，
只要那里尚有自由的人，
四周就回荡着一声呼喊：
"再多些光明！"

思想自由是每条马路的要求，
我们可能被爱，也可能遭恨。
只有无用者躲避我们的呼唤：
"再多些光明！"

我们不去追逐星辰和灿烂的阳光，
自有万千"灯火"在城市的阑珊中闪烁。
卑鄙者不会信守许下的承诺：
"再多些光明！"

我们为你工作，意足心满，
你助我们点燃"灯火"，一盏接一盏
直到璀璨的光芒穿透所有的人心。
帮助我们将众生从沉睡中唤醒，

让他们寻得"灯火"的通明，

留意到我们的呼唤：

"再多些光明！"

当黑暗开始笼罩亚洲时，32岁的库尔特·莱温在新创办的《灯火》周报（见上文图9）上呼吁再多些光明。虽然莱温为该报后来每期都写了诗（我只看过1941年6月14日至7月7日的几期），但《再多些光明》具有代表性。《灯火》的副标题是"自由智力创意周报"，这份报纸非常有趣，它发表了各种高质量的素材，并为读者提供了对日常事件发表看法的机会。这里翻译的这首诗特别感人，它传达了一种乐观的信息——或许更贴切地说，是一种临危不惧的信息。当第二次世界大战席卷全球时，莱温祈求精神和智力上的启迪。他观察敏锐（这从下文译出的5年后另一首诗中可以看出），不可能注意不到上海周围不断聚集的战争阴云。在太平洋战争爆发前5个月左右，停靠上海码头的船只越来越少；这不是好兆头，因为意大利已经站在希特勒一边加入了战争，而德国军队已经开始入侵苏联。

然而，尽管形势岌岌可危，新的周报还是诞生了，莱温在《再多些光明》的开头提醒读者，他们有义务发扬伟大的德国文学家歌德开创的传统。因此，这首诗至少有两层含义。一方面，歌德所代表的过去的启蒙精神必须继续存在；另一方面，人们希望这份名为《灯火》的周报能够点燃其他灯火，在渐浓的黑暗中闪闪发光。傅佛果（Joshua Fogel）教授对此诗的评论深具意义："我在这里感受到一个潜在的第欧根尼（Diogenes）的形象，他提着灯火四处游荡，寻找一位诚实的人。"①

对于莱温这样的德国知识分子来说，流亡是个复杂的问题。他们是自豪的德国犹太人，通常不是虔诚的宗教信徒，已经完全将德国文化融为自我意识的一部分。相比于犹太传统中的伟人，他们更熟知德国诗人歌德和席勒，或者作曲家莫扎特和贝多芬。德国已经抛弃了它的犹太民众——倒不是因为他们的信仰而主要是因为他们的出身——迫使他们为了保命而流亡。然而，这些犹太人并没有抛弃德国文学和音乐。莱温让歌德服务于自己的目的，把这位德国诗人变成了混乱岁月中理性和启蒙的先驱。

---

① Personal communication, July 7, 2006.

耶霍舒亚·拉波波特

(Yehoshua Rapoport，1895—1971)

耶霍舒亚·拉波波特是备受尊敬的知名文学评论家、散文家和翻译家，曾将俄语、德语、英语、法语和希伯来语作品译成意第绪语。他生于比亚韦斯托克，[①]曾在柏林和华沙居住。1941年，拉波波特随波兰一个团体途经立陶宛和日本神户来到上海。1946年二战结束后，他在澳大利亚的墨尔本定居。

拉波波特的文学创作活动始于20世纪30年代，当时除了在意第绪语报刊发表大量文章之外，他还出版了多部著作。在上海期间，拉波波特经常为周刊《我们的生活》意第绪语版面撰稿，并在困难重重的情况下，于1941年出版了英文著作《诗歌的本质及其社会功能》。他在导言中说，此书手稿留在了华沙。他是在维尔纳重写的书稿，但逃往神户时又将书稿留在了维尔纳。他在上海第二次重写时，手头没有书可以参考，在上海找不到参

---

① 比亚韦斯托克（Białystok）是波兰东北部最大的城市，距华沙北部大约180千米。——中译注

考书。[①]

在墨尔本，他才终于重启了旺盛的出版事业。拉波波特对自己、对他人在道德上都是高标准和严要求，这会令许多人不以为然。但是用梅莱赫·拉维奇的话说，"拉波波特的作品能广为流传，是因为人们从他身上学到了东西"。[②]

就这样开始了……（上海的犹太文化工作）（1941）[③]

……人们逃离毁灭和集体迫害，一路上，在这儿寻求栖身之所，在那儿求点精神［内容］，以此为萎缩的肢体注入一丝活力。但目前的这种人类特征几乎成了犹太人的第二天性：还有谁像我们犹太人一样逃离如此之多的毁灭？又有谁会像我们这样经常在世界各个角落安置我们的精神财富和栖身之所？

…………

25年前，战争和革命的双重风暴把一些犹太人带到了东亚。在哈尔滨、天津和上海，犹太生活开始出现，虽说气息微弱。那里建有犹太图书馆，成立了犹太总会，举办了犹太

---

① Y. Rapoport, *Der mahut fun dikhtung un ir sotsiale funktsye* (The very essence of poetry and its social function) (Shanghai: Elenberg, 1941), pp. 3–5.

② Meylekh Ravitch, *Mayn leksikon* (My lexicon) (Tel Aviv: Veltrat far yidish un yidisher kultur, 1982), vol. 6, p. 282; Also, *Leksikon fun der nayer yidisher literature* (Biographical Dictionary of Modern Yiddish Literature), vol. 8, columns 392–395 (New York: Congress for Jewish Culture Inc., 1956–1981), 8 vols.

③ "Ot azoy hoibt zikh dos on … " (yidishe kultur-arbet in Shanghai), *In veg*, compilation (November 1941), pp. 9–14. YIVO Institute for Jewish Research, Reel Y–2003–1855.

讲座和犹太演出。哈尔滨甚至还有一份意第绪语报纸。

然而，犹太脉搏的律动却变得越来越弱。没有新鲜血液输入，已有的犹太血液由于移民而干涸，剩下的则因贫血而萎缩。尽管有人可能认为，犹太生活一度试图在东亚扎根，但犹太人血液中的红细胞却失去了抵抗力。不过，事实证明，现在念诵卡迪什〔kaddish，为死者念的祷文——伊爱莲注〕还为时尚早。……二号风暴把一个小规模的犹太社团再次带到东亚。也许我们正在见证一个奇迹羞答答的开端：东亚的犹太生活再次复苏，显示出犹太力量和犹太反抗的迹象。

据说，考古学家在打开一座金字塔时，发现了几粒被埋数千年的干枯麦仁。但一点泥土和阳光竟让它们萌发了新芽。内在的生命力让它们得以存活了数千年。犹太种子蕴藏了同样的生命力。无论外表多么干枯，里面却蛰伏着随时准备……复活的生命力。

我们来到上海，仿佛来到一个死寂的王国，邪恶势力仿佛把任何真正犹太的东西都变成了石头。可我们绝望的呼叫足以解除石头上邪恶的……诅咒。就在那儿，在人们认为只有废墟、石头和寒冷的地方，有些东西开始解冻……。正如童话故事中那样……为了让公主醒来，〔王子〕就得证明自己。

…………

就这样，奇迹开始了。

它是这样开始的。

一位犹太记者来到上海，自然想继续他的新闻事业。他在城里四处闲逛，用俄语写了11页，就为了有一小页意第绪语。这一页看上去可怜得近乎荒谬，似乎在乞求被销毁，令人想起了曾经的毁灭。人会在痛苦时大声呼喊：最好什么也没有！将心比心地说，这情有可原，却并不正确。这会产生不公正。

这一小页看似多余，没多少人读，可对这少数读者而言，它在12页中显得格外重要。读者们一遍又一遍地翻阅……那些嚷嚷着一页意第绪语版面也不需要的人们也习惯了它的存在。这一页有了生命，变成了一个事实，必须为它腾出空间，哪怕只有一点点空间。

这在上海是如何做到的？

人们常说，上帝在责罚前先治愈。

就在战争爆发前两周，这里的犹太人收到了从华沙寄来的一些意第绪语文稿……一刻也没耽误。一份四页的意第绪语报纸很快就排好了版……还有一本64页的小册子和一部32页的作品集。

这在上海是如何做到的？

再一次，同样的：上帝在责罚前先治愈。石山上如何长树或种花？风刮来一点点土，土慢慢聚集，不同植物的种子也和土一起堆积。

这场风暴为上海刮来了支离破碎的犹太宿主，还一同捎来了犹太作家、文化活动家和一位意第绪语排字员。……在上海，不仅能读到意第绪语，还能听到意第绪语。起初，有一首上海小曲：

上海有了新的轰动

听，听，大吃一惊。

犹太人看来已抵达，

甚至操着意第绪语！

起初，上海犹太人接受不了……他们一直担心没人会来听意第绪语讲座，因为没人懂这门语言。另一种说法是，在上海开意第绪语讲座，就像"分开红海"［指摩西分开红海，让以色列人得以逃离埃及——伊爱莲注］一样难。

不过努力没白费。第一场讲座之后，就有了第二场、第三场，现今已有了一个300人的论坛，参与的人越来越多。人们不光说意第绪语，还用意第绪语唱歌、朗诵。我们甚至抢到一家广播电台，每周播放三次意第绪语节目。鲜活的意第绪元素来到上海，犹太生活的气息更加浓厚，而且还在不断增长。人们听到了不同的声音，令犹太总会喜出望外的是，它在新场地上演的第一部文化作品用的是意第绪语，犹太总会的文化委员会希望今后的活动会有更多意第绪语作品……不但如此，那些一直说自己不懂意第绪语的犹太人突然就有了非凡的语言能力，短时间内就说起了意第绪语！还有些人拒绝意第绪语，觉得上海生活不需要意第绪语，上海也没有人懂意第绪语，但他们现在正打算发行一份意第绪语报纸，或出版一本意第绪语书籍。

…………

……世上没有平白无故的付出。无论做什么，都是为了自己。我们在上海要做的文化工作也符合我们的需要。我们不是在帮你们［上海的犹太居民］，因为你们眼中仅仅是新奇的东西对我们来说却像呼吸的空气那样重要。工作环境、群体存在是最重要，或许也是唯一一种让人活得有尊严的方式。也不要说帮我们的忙，因为你们和我们一样需要意第绪语文化，也许比我们更需要。在你们的文化氛围中，我们感到拘束，我们的内心仍感受到与我们饱受折磨的家园的文化联系……我们仍强烈地感受到我们被连根拔起，得不到根的滋养。然而，我们随身带着足够的养分……为我们被切断、无家可归的生活。你们可能不再能够感受到被连根拔起的痛苦。可我不相信你们感受不到自己没有根，感受不到你们的根已经枯萎。我不相信这些，因为在你们的眼中，我看到了担忧。每当你们看着孩子，或者谈论他们时，我发现你们依然珍惜散落的意第绪语书籍。即便这些书不是你们日常需要的养料，倒更像是用来珍藏而非使用的遗物。

现在你们有机会至少放弃一小部分你们的孤儿状态。你们有机会让自己的孩子通过接触……仍存在的有机体而感受下电击般的震撼。我们不需要你们的帮助，也不想帮你们的忙。我们只渴望与你们合作，这是双方的需要。这是我们的目标，也是我们微不足道的工作的意义所在。

因此它总在开始。

它就是这样开始的。

拉波波特在抵达上海不久就写下了这篇文章。乍一看，这是对犹太生活的乐观声明，尽管他和难民同胞只受到冷淡的欢迎。拉波波特认为，犹太和意第绪语文化是由血液和空气滋养的有机体。两者兼备，就能发展壮大。若两者皆不足，犹太文化就会消亡。他还将犹太文化比作能够复苏的干枯麦仁，一旦种到适宜的土壤中，便能奇迹般生出新根。拉波波特在文中认为，上海其他像他那样的人也肩负着致力于犹太文化的复兴和新生的任务。

他这么说并非妄自尊大。拉波波特认为自己是真正的犹太文化，即悠久的意第绪语文化传统的继承者。在他看来，上海犹太居民已经远离了这一传统。耐人寻味的是，他没有考虑塞法迪犹太人的传统，而这毕竟也是上海生活的一部分。他这么说无可厚非，因为在波兰和东欧，塞法迪传统实际上已融入了意第绪语文化。

与上海犹太居民将意第绪语文化视为过去的遗迹不同，拉波波特建议，在原居民和新来者的共同努力与合作下，犹太文化能够繁荣，如果不是为了这一代人，那也是为了子孙后代。他乐观地向读者保证，只要尚存一丝生机，犹太文化就能存活下去。他不仅预示了新生命，还携带着——或者更准确地说培育了——这种新生命的核心。

约斯尔·莫洛泰克

（Yosl Mlotek，1918—2000）[①]

约斯尔·莫洛泰克出生在波兰小镇普罗索米思（Proszomice），七岁时随父母移居华沙。莫洛泰克家是一个大家庭，有六个男孩和两个女孩。莫洛泰克受过世俗教育；他年轻时加入了犹太社会主义运动，12岁开始写作和出版诗歌。根据他自己的说法，他定期在犹太工人联盟办的《人民报》（*Folkstsaytung*）上发表诗歌。[②] 1939年9月，他逃到立陶宛的维尔纳，与一群波兰犹太作家一起从那里先去了日本，然后去了上海。1941年8月30日，他们乘坐龙田丸号（Tatuta Maru）抵达上海，莫洛泰克时年23岁。[③]

这里翻译的两首诗《母亲的哀歌》和《一封信》，述说了一个21岁离家出走的年轻人的孤独，从那时起，他就一直与陌生人一

---

① *Leksikon fun der nayer yidisher literatur*, vol. 6, columns 2–3, 另有一卷录制于1994年5月4日的磁带。
② 犹太工人联盟（Bund）指世俗的犹太社会党和工党。其成员热烈拥护意第绪语。
③ 到达上海的人员名单见 JDC, file 462, "List of Recent Arrivals"。

起生活。第三首诗《上海》则不同，诗人没有描述自己的状况或心境。相反，他与之前的梅莱赫·拉维奇一样，转而接触了在上海的艰难环境中苦熬的中国老百姓，并告诉他的读者，他们的命运比犹太难民的命运糟糕得多。

1947年，莫洛泰克离开上海，先去了加拿大，再于1949年前往纽约。他在那里教高中，继续为意第绪语刊物写作，成了意第绪语教育和民俗学方面的重要人物。一家犹太报纸将他描述为"他那一代人中的佼佼者"。[①]

母亲的哀歌（1941）[②]

穿过海洋和国家，

穿过封闭和墙壁，

我看到了母亲的

皴裂的双手。

我听到了母亲的

哀叹和哭泣

——我的孩子在哪里？

① "Joseph Mlotek, Yiddish educator and writer, dies at 81," *Jewish News Weekly of Northern California,* July 14, 2000.

② "Dem gevayn fun mayn mamen," YIVO Institute for Jewish Research, Reel Y–2003–1855, *In veg,* compilation (November 1941), pp. 17–18.［上海犹太难民写的另一首怀念母亲的诗，见张帆、徐冠群主编：《上海犹太流亡报刊文选》，第24—25页。——中译注］

迷路了？孤单吗？

我听见她的啜泣，
了解她的悲伤，
她每一滴苦涩的眼泪，
我旅程上的一粒石子。

我傻傻的心
向着家飞奔，
既不知边界
也不管篱笆。

没有建筑能关住心，
哪怕墙外把守着兵。
我破门而出，
来到她的门口。

我遇见了母亲，
已生华发的她
抱着我，爱抚我，
接着说：

"你已飞走了，像远行的秋鸟，
将我的孩子和一生告诉那片土地。

就在昨天，我还摇着你的摇篮，
为你唱着述说金色幸福的歌谣。

今天你飞走了，像风中的树叶，
你已经想家了，是吗，我的孩子？
好吧，至少你回到了
我的梦里，我的渴望里，我金色的幸福里。"

在一起，
我与母亲。
不再孤寂，
不再孤单。

我感到每一滴眼泪
落在身上，就像一击。
只有在母亲身边才好——
好，真……好……

《母亲的哀歌》是约斯尔·莫洛泰克要么在抵达上海之前，要么在1941年夏天或初秋抵达上海后不久写下的。诗中这个年轻人的孤独显而易见。与下面那些充满色彩和动感的诗歌不同，这首诗没有色彩，只有母亲花白的头发。诗人似乎被囚禁在围墙、"建筑"（意第绪语的原意是"外墙"）、有警卫把守的大门后面。他所能做的，就是让他的心向着家飞奔，因为只有心才无须理会障碍。

但这首诗里不仅仅有乡愁，也不光有对家人和故地的渴望，还有对
1941年失去所有联系的亲人的担忧。可以肯定的是，来自波兰的
消息陆续传到了上海；上海的苏联大使馆有英语新闻和俄语通讯
社。但这些不是私人消息。当波兰犹太难民彼此相遇时，他们一定
会为亲人的命运而痛苦。

E. 西姆霍尼

"我的上帝，我的上帝，为什么离弃我"（1942）[1]

为什么，上帝，你将我离弃
并将你的光芒尽熄。
外面雨声淅沥，
而房间全上了锁，没有钥匙。
如果你不能，谁又能直接回答我？
夜幕降临时，
你和其他人都嗤笑我。

蠹虫躲在书脊里，吃到饱。
蠕虫以大地为床，睡得香。
你以朋友的身份，赐予我
冷雨凄风的暗黑街道。

---

① *Undzer lebn,* no. 39 (January 30, 1942).

你的圣书上教导：

"天是神的，地是人的。"①

那为什么要一直将我离弃。

对犹太难民来说，日本袭击珍珠港和太平洋战争爆发一定是沉重的打击，他们从此与欧洲完全隔绝。这首小诗无疑作于1941年12月8日战争伊始，日本占领了整个上海，西姆霍尼在诗中代表所有难民发声。只有蠕虫仍然可以平静地生存；对于其他生物来说，黑暗已经降临，所有的门都已关闭。上帝的确离弃了不幸的人，并嘲笑他们的苦难。西姆霍尼引《诗篇》22：1作为此诗标题，《诗篇》22的开头是"我的上帝，我的上帝，为什么离弃我"（Eli, Eli, lamah azavtani）。②

西姆霍尼信教，他一定很熟悉《圣经》中这首长篇赞美诗。《诗篇》22中还有两个意象出现在他的诗中，但语境已完全不同。第一个意象来自《诗篇》22：7中"我是虫，不是人"。第二个意象取自《诗篇》22：8，描写的是受到嘲笑："凡看见我的都嗤笑我。"③《诗篇》22中的意思是他因为信教而受到嘲笑。

《诗篇》和西姆霍尼此诗有一个共同的主题，即在大灾难中被

---

① 出自《诗篇》115：16，意思是神高居天上，但已把地赐予人享受和实现神的旨意。——中译注
② 犹太传统中经典的哀叹语，耶稣临终时也用亚兰文（Aramaic）而非希伯来语原文引用过（见《马太福音》27：46，《马可福音》15：34）。——中译注
③ 犹太人的《圣经》和基督徒的《旧约》在章节划分上有时略有不同，这两句在《旧约·诗篇》中分别出自22：6和22：7。——中译注

遗弃。然而,《诗篇》的最后九节寄托了希望和对上帝的赞美,但西姆霍尼却以绝望的笔调作结。他和他的人民仍然被遗弃,就像他在美日战争爆发时可能感受到的那样。

密尔经学院的师生在亚伦会堂（Beth Aharon Synagogue）学习，1941年。

末底改·罗滕贝格

（Mordechai Rotenberg，生于1920年）[1]

诗人末底改·罗滕贝格生于波兰的一个拉比家庭，是密尔经学院的一名学生。他一定是在1939年与密尔经学院师生一起离开波兰，先去了神户，后来又和他们一起到达上海的。罗滕贝格于1946年前往纽约，在叶施瓦大学任教。他的诗发表在纽约的意第绪语杂志上。末底改·罗滕贝格现居布鲁克林。

网里的太阳（1942）[2]

太阳的光芒

慈母般地

落在

柔软的

---

[1] *Leksikon fun der nayer yidisher literatur,* vol. 8, column 370.

[2] "Zun in netzn," Judaica Collection, Harvard College Library, Reel 99.774 C4069, *Di yidishe shtime fun vaytn mizrekh,* August 1942, p. 6.

平原上
露出微笑。

歌声悠扬，
渔网般撒向
成群的鱼，
鱼儿纷纷逃逸。

一场追逐开始
网追鱼……
平原上
太阳的光芒
也跟着赛跑
直到填满了网。

渔民愤怒地
嘟囔：
没有鱼只有光？
开什么鬼玩笑。

而我
会用许多日子
换取太阳的光芒……

图14　齐白石《鱼》，出自
Lubor Hajek et al., *Contemporary
Chinese Painting* (London: Spring
Books, 1961), p. 67。

图15　黎雄才《庐山》，出自 Lubor Hajek et al., *Contemporary
Chinese Painting* (London: Spring Books, 1961), p. 119。

这首诗的灵感可能来自关于鱼的绘画，无论上面画没画渔民，这都是传统中国画乃至现代中国画最喜欢的主题（图14和图15）。或许，这位诗人还记起他在神户时看见的鱼和渔民。一些宗教学校的学生似乎并不像我们通常认为的那样不问世事，这个22岁的学生在上海很可能继续与密尔经学院的学生和拉比们一起生活。之所以这样假设，是因为《远东犹太之声》（*Di yidishe shtime fun vaytn mizrekh*）是犹太教正统派运动①办的一份报纸，表达的是拉比们的观点。在这首诗中，罗滕贝格没有表达思乡之情，也没有提到他所抛弃的家庭。但这首诗明确表达了对希望的渴望，这或许是当时难民心中最重要的，因为到1942年夏天，战争对同盟国来说进展得并不顺利，上海的犹太难民与欧洲完全隔绝了。

① 指以色列联盟（Agudas Yisroel）运动，它最初是欧洲的正统派犹太人于1921年在西里西亚成立的联合会，到1948年以色列国建立前，它已发展成一个全世界犹太人的运动，在耶路撒冷、纽约和伦敦设立了三个中心。1941年，以色列联盟运动在上海成立分支。——中译注

约斯尔·莫洛泰克

上海（1942）[①]

上海——
这座城市向你招手
用一千双热情的眼眸。
霓虹灯耀眼炫目
一道奇妙的彩虹。

色彩幻化不定，
跃动、闪亮的水银。
上上下下，下下上上——
光电的雷雨。

——雪茄、雪茄快来买
"双喜"是大牌！

---

① *Undzer lebn*, no. 38 (January 23, 1942).

——女士、女士别上当

丝袜认准"Blef"牌。

房子上空

屋顶上空

烟囱上空

连高空中也响彻着——

快来买！快来买！

广告灯，

吆喝

在召唤、勾引和诱惑

在提醒，在抚摸

快来买！快来买！

旁边

跑过

一个人力车夫——仿佛一匹马

双脚几乎不着地。

他身后的同行还有十个，百个

在跑，迅捷而吵闹。

他们一定要跑得快，再快——

要不然怎么确定，

就算晚上也拉活

甚至拉上二十趟,

会不会吃上

一小碗米饭。

"你的眼睛,你的眼神

让我着迷"——

他倒在街上,躺在那里

发出醉醺醺的声音——

"国际酒吧"

——进来

——威士忌还是啤酒?

——嗯,我更喜欢烈酒……

——你的华尔兹跳得真棒……

　　一,二,三

　　一,二,三

——我吻你天鹅般的脖子

　　一,二,三

　　一,二,三

别那么放不开,

这样不好……太客套

——但你有双奇特的

眼睛……

这儿不行。我的房间——在上面……

楼上……

　　　一，二，三

　　　一，二，三

"国际酒吧"……——

酒吧外

"先生，先生，

我好久没吃东西了……

墙壁上的影子

伸出有气无力的双手：

先生，给点吃的……给点吃的……"

楼上——爵士乐

和醉醺醺的欢声。

楼下，密密匝匝的一群人

中国姑娘

连同她们的妈妈

一起站在墙角。

上方有巨大的灯光广告

将她们嘲笑：

快来买！快来买！

上海

南京路

这座城市

用上千喉咙

以及上千眼睛

尖叫。

叫声回荡

越发嘹亮，尖锐

尖叫吧中国！上海，尖叫吧！

　　莫洛泰克的诗作描绘了南京路①，这里是公共租界的心脏地带，到处都是广告、酒吧和灯饰，还有拉黄包车的苦力和妓女。但南京路只为上海富有的中国人和西方人而设，他们经常光顾那里的高档商店和餐馆。很快，西方人就会离开，日本人将他们取代，日本人于1941年12月占领了公共租界。和莫洛泰克以前的诗歌一样，这里也有丰富的意象：闪烁的广告、炫目的灯光、嘈杂的声音，以及绝望。不管那个苦力跑得多快，他似乎总是处于饥饿的边缘。莫洛泰克最后那行诗句呼应了当时中国诗人和作家的绝望感，这种绝望不仅仅出自战争的残酷和中国在面对日本侵略时的无力，还出自对中国贫穷落后的绝望。当时犹太诗人和中国诗人几乎不可能互相认识、互相知晓，或者互相阅读对方的作品。然而，因同情人类同胞而产生的心灵激荡，无疑是他们共有的。②

　　像莫洛泰克那样，梅莱赫·拉维奇在上文翻译的《一个黄包车

---

① 今名南京东路。——中译注
② 这首诗的选段及这些评论见塞弗特（Dorthe Seifert）的德语译文，载 Irene Eber, "Auf einer einsamen Insel," pp. 167–169。

夫在上海的晨曦中死去》一诗里也表达了对那些比他更不幸的人的同情。但拉维奇没有像莫洛泰克那样经历过被迫流亡和无家可归。莫洛泰克前往上海的旅程完全不同,远不如拉维奇那样顺利或愉快。然而,我认为,两位诗人都设法听到了中国哲学家孟子(孟轲,公元前372—约前289)所谓的"不忍人之心"(《孟子·公孙丑章句上》)。下文所译的《缩影》的作者雅各·菲什曼也可以和拉维奇、莫洛泰克归入一类,他表达了类似的情感。根据耶霍舒亚·拉波波特的日记,菲什曼和莫洛泰克在上海相识。若能偷听到这两人可能就这座城市、中国居民和移民文化而展开的对话,会是很有意思的。

卡尔·海因茨·沃尔夫

（Karl Heinz Wolff，生卒年不详）

除了能确定他是一名演员和艺人外，我们对卡尔·海因茨·沃尔夫一无所知。

勤劳的砖瓦匠（1942）[1]

我在上海有栋房，像新的一样，

最近拍了照，看上去有点异样，

少了几块石头，

需要新的补上，

能找到新石头吗？我问砖瓦匠。

当然，那人说，这样吧，

明天早上就开工。

---

[1] "Der pflichtbewusste Maurer," Shanghai Municipal Police Files, Reel 18, D5422(o)，由 L. Margolis 和 M. Siegel 于1942年3月17日提交给上海工部局警务处，申请在1942年3月21日举办一场歌舞（cabaret）晚会。

117

八点钟到了，又过了，

一小时后，他才进场。

我说，迟到了。他说，不，

时间刚刚好，

我住得远，路程长，

没有电车，

走着来也不赖。

他开工，细细端详和思量，准确精当，

又把一切用得到的东西摊开。

抬头看了看房，需要一块石头补上，

他捡起一块石头，又随意放到一旁。

他找到梯子，想爬上房，

拿着它刚走了八步，钟敲了十响。

早餐时间到了，他甩开腮帮，

吃完点燃烟斗，忽暗忽亮，

接着打起小盹，直到钟再次鸣响。

他捡起石头，还是先前那块，

但脑袋不太对劲，喷嚏张嘴就来，

他吓了一跳，将石头放到一旁。

他四下寻找手帕，未能如愿以偿。

我说，

无妨，

把我的给他。

这下他像离岸远远的鱼儿，感觉不赖，

他拿起石头，还是先前那块，

正要走向梯子，钟敲了十二响。

于是，石头被放到一旁，

他老婆走了过来，拎着午饭，

干活这么辛苦，吃起来真香。

她坐在他身旁，他坐在她身旁，

他们嚼黄瓜，吃土豆，喝陈酿。

现在他边读新闻，边怒声嚷嚷：

又罢工了，他们应该工作，像我们一样。

他吻了吻她，接着把双眼合上，

后来钟敲了两响，他只得起床。

他搅拌水泥，拌得又软又黄，

他捡起石头，还是先前那块。

但午饭过后，他的胃疼得慌，

遂放下石头，抓起读过的报，

去了茅房。

再次出现时，钟敲了三响。

他捡起石头，正是先前那块，

走向梯子，意气焕发。

梯子共有二十级，他面不改色，

爬到第十八级时，钟敲了四响，

他止步，不上也不下，运气欠佳。

他的计时收费不许他再上两级，

带着石头下十八级又会将命伤。

> 如此接近完工之际该如何是好，
>
> 他在是干活还是勤奋之间彷徨。
>
> 勤奋照旧胜出，他这时疯掉，
>
> 让石头正好落在我的脑袋上。
>
> 我叱责、抱怨。他说，为什么站这儿？
>
> 你的脑袋岂能用来干这种低贱的活儿。

沃尔夫通过一个困惑的德国移民的视角，表现了一个上海砖瓦匠"磨洋工"的工作习惯，此诗令人捧腹，堪称是对本书其他作品的悲伤情绪的调剂。我们和诗人一样，对当时的情形感到好笑，也知道这砖瓦匠并非没文化的乡巴佬：他读报纸，吃有营养的食物，遵守工会规则。归根结底，沃尔夫在诗歌标题中所说的"勤劳"（仔仔细细、有条不紊、慢条斯理！）并不因为国籍或种族差异而有所区别：这个砖瓦匠不是典型的"神秘的东方人"，而是随时随地都会遇到的精明工人。他完全能够在短时间内完成工作，但情愿延长工作时间。毕竟，只要工作在，每天就有工资拿。

这首诗被提交给上海工部局警务处，因为它是计划在熙华德路①961号犹太难民营举行的娱乐活动的一部分。显然，警察批准了这个计划，他们在1942年3月19日的报告中写道，"没有发现任何令人反感的内容"。

---

① 熙华德路（Seward Road），即今长治路。虽原文如此，但宜写作"东熙华德路"，今名东长治路。因为无论当时还是现在，东长治路都是条单独的马路，而非长治路的东段。——中译注

赫尔曼·戈德法布

（Hermann Goldfarb，生卒年不详）

很遗憾，除了知道戈德法布这段时间住在上海外，我们对他一无所知。

流浪（1942）[①]

一

流浪吧犹太人，流浪，漫游，

你只有一个帐篷，又破又旧。

安宁的家，哪里都没有，

继续走吧，满世界流浪。

二

你遭受天谴而游荡

---

① Shanghai Municipal Police Files, Reel 18, D5422(o).

即使在老掉牙的过去。

记住和埃及人的赌局，

你输掉并逃进红海。

三

后来，罗马的剑

摧毁了你的国，

你又开始流浪，

从一国到一国。

四

你再也不能休息，

必须永远向前走。

总是异乡的过客，

想留下也是徒然。

五

流浪吧犹太人，去远游，

这些话是对你的问候。

顶着月亮与星星，

继续漫游，继续走。

六

还要走多远，跨越

多少海洋和国度，

忍受怪异的事物，

为何受如此之苦？

七

终于，请睁开你的双眼吧，

看看这文明的、新的世界。

救我们脱离浩瀚的苦难，

给我们渴望已久的安宁。

　　赫尔曼·戈德法布此诗显然也在综艺晚会上念诵过，但它与卡尔·海因茨·沃尔夫《勤劳的砖瓦匠》形成鲜明对比。如果这两首诗都是为了娱乐而朗诵，那么一首会令人忍俊不禁，另一首则会唤起听众的痛苦。流浪的犹太人是一个经常出现在基督教文献中的主题，基督教神学认为这是对犹太人要为耶稣在十字架上受难负责的惩罚，但犹太人已把这个主题内化成自己无家可归的状态。对上海难民来说，这个主题意义非凡。他们漫游到地球上似乎最遥远的地方，但他们知道，一旦欧洲的战火熄灭，他们就不会再留在中国了。他们必须再度收拾行囊离开。诗人斥责那个容忍无家可归和苦难存在的"文明"世界，表示要走向一个"新的世界"，可能指澳大利亚或美国。一些上海犹太人在二战后移居到那里。

雅各·H. 菲什曼

(Jacob H. Fishman，1891—1965)[①]

图16　雅各·H. 菲什曼。出自《先与后：故事集》(*Frier un shpeter, dertseylungen*) (Buenos Aires: Gezelshaft far yidishweltlikhe shuln in Argentine, 1957)。

雅各·H. 菲什曼（图16）生于波兰的塞德莱克（Szedlec），与那儿大多数同龄男孩一样接受了宗教教育。他很早开始创作，1910年发表了第一篇短篇小说。他后来断断续续地住在华沙，教授希伯来语和意第绪语。二战爆发后，菲什曼离开波兰，先逃往立陶宛，后随同一群波兰犹太作家来到上海。与梅莱赫·拉维奇和约斯尔·莫洛泰克一样，菲什曼的小品文表达了对遭受蹂躏和压迫的中国人民的同情。在菲什曼的几部短篇故事集中，《无家可归的

---

① 雅各·H. 菲什曼生平基于此得出：*Leksikon fun der nayer yidisher literatur*, vol. 7, p. 395。

犹太人》（*Farvoglte yidn*）一书在上海出版发行。[1] 书中包含五个有关上海生活的故事，其中一篇《婚礼》已收录在本书中，见下文。1948年，菲什曼离开中国前往加拿大蒙特利尔，最终于1950年定居纽约。

缩影（1942）[2]

咖啡馆的窗前坐着一对心满意足的夫妇，举止优雅。绅士和淑女正在喝咖啡，彬彬有礼。他们抿一口咖啡，瞥一眼街道。一个衣衫褴褛的中国人从窗外与他们搭讪。他用嘴、用眼、用眉、用手乞求他们：不过是要几分钱。而这对夫妇抿一口瞥一眼……抿一口瞥一眼……优雅的夫妇和中国乞丐同时从窗前离开。夫妇俩坐出租车去了，那个中国人……

菲什曼写了三篇小品文，这是其中一篇。他以简洁但犀利的笔触捕捉到让沦落上海的异乡客感到痛苦的对比。另外两篇，一篇描写了饥肠辘辘、衣衫褴褛的中国儿童，另一篇刻画了黄包车夫在冷雨夜赤脚奔跑，搭车人则在哼唱。上文这幅"缩影"虽然简短，却描绘出当时上海令人动容的情景，流露出作者对人类苦难无动于衷行径的反感。

---

① Fishman, *Farvoglte yidn* (Shanghai: J. M. Elenberg, 1948; reprinted in Amherst: National Yiddish Book Center, 1999). Steven Spielberg Digital Yiddish Library, no. 10847.

② *Undzer lebn*, no. 40 (February 6, 1942).

约斯尔·莫洛泰克

一封信⋯⋯（1943）^①

有句话，一句关于我的话——我一定会来，
对我来说，广袤的世界陌生又闷气。
每个夜晚我会给你在苍穹上
写一封灼热的信，"我渴望⋯⋯"

我用所有最明亮的星星来标记
信念之歌，它最是温柔而美丽。
当你听到瑟瑟作响的夜歌——
要知道，它把我的问候带给你。

如果太阳有一天不再照耀，
隐入云雾而杳无踪迹，

① *Undzer lebn,* no. 99 (March 26, 1943). Also, "Vart oif mir" (Wait for me), *Undzer vort,* collection, 1945, pp. 42–43. YIVO Institute for Jewish Research, Reel Y–2003–1855.9.

要知道，熄灭它的

是从我渴望的梦中反射的火苗……

有句话，一句关于我的话——我一定会来，

愿风暴像卷沙粒那般带我远走高飞。

在流浪中我找不到

清晰，也找不到真正的快乐……

我听见你的名字，在闷热的夜晚，

你的热泪把我的身躯点燃。

提醒我的是每阵风的呢喃，

一声声都带着你渴望的呼唤。

　　如果不是因为我们知道莫洛泰克在什么地方、什么情况下写了这首诗，我们可能会觉得它平庸。在整首诗中，信的内容是天空、星星、暗无天日、云雾、梦幻，由此唤起的意象是遥不可及的距离，这一切都表达了作者的分离感和错位感。虽然分离肯定是造成痛苦的部分原因，但这并不是他最想传达的信息。他最想传达的，是重复了两次的承诺中所体现出的肯定：他必传话，他必回来。爱，这份珍贵的礼物，并没有抛弃他；爱继续滋养着他的孤独。他会带着这份礼物回来。诗人的感怀不是为自己，而是为那些被他抛在身后、与他无限期分离的人。①

---

① 本诗及相关评论见塞弗特（Dorthe Seifert）的德语译文，载 Irene Eber, "Auf einer einsamen Insel," pp. 165–166。

平凉路收容所，1939年开办，1941年8月关闭。

耶霍舒亚·拉波波特

日记（节选，1941—1943）[1]

1941年5月12日（第44—45页）

我至今记得初次见到有犹太人居住的上海的情形。真是失望极了，所有希望化为泡影……本指望这里有一个哪怕规模小，却能让我再次工作的犹太社区。命运把我们带到上海，让我得以挣脱精神束缚，我不禁欢呼：一座有犹太人口的城市！可是我们受到的接待……却出乎意料。我们午夜时分抵达上海，之前在海上漂了五个小时而没吃上一口热饭。上海犹太社团没有在家中招待我们这50个难民，而是把我们送到犹太总会，在那儿过夜。上海的拉比确实为拉比和拉比学生们准备了住处，却没有为作家和普通犹太人提供任何地方，我们……被丢进肮脏的平陵[2]收容所，没有桌椅……很难拿到

---

① 这部日记未出版，现保存在耶路撒冷的犹太国家和大学图书馆的档案室，编号 Arc. 4°, 410。

② 原文为"Pingling"，当指平凉路难民收容所。——中译注

几美元去租一套公寓——当地犹太居民对此心存顾虑：[他们问] 我们凭什么要比德国犹太人住得好？他们都可以住"收容所"，你们怎么就不行？

1941年5月28日（第46—47页）

HICEM[①]为我们发放了第一个月的租金。这可真不容易。第二个月的租金我们就必须到援助东欧犹太难民委员会那儿领了……这也不容易拿到。一位有钱的犹太人H. B.-R. 被选出来专门负责此事，此人在黑市中捞了很多钱，虹口区的所有街道都归他管。每个人都得去他那里，被他盘问一番，才能领到15元，或者20元上海币。我和他对话不多，却颇具代表性。

首先，他不会讲意第绪语、俄语或波兰语……

"要付多少租金？"他问道。

"80元。"

"你有两间屋？"他看着我问道，双眼迅速离开了报纸……就像廉价犯罪小说中调查案件的法官一样。我寻思着，他还挺懂行的。他很满意自己能现场抓出一个要犯罪的难民——竟然想虚报两间屋的租房价格。我忙不迭向他解释了房间的具体情况，以便他了解上海犹太居民为一位犹太作家

---

① 这是三个犹太难民救济组织——"HIAS""ICA""EMIG-DIREKT"的首字母缩写词，"HIAS"指美国希伯来移民援助会（Hebrew Immigrant Aid Society of America），"ICA"指犹太拓殖会（Jewish Colonization Association，简称JCA或ICA），"EMIG-DIREKT"指联合犹太移民委员会。HICEM在中国的机构原来设在哈尔滨，1939年9月迁到了上海。——中译注

及其家人提供了什么样的住处。

1941年6月2日（第31—32页）

我站在路边……不知道往亚尔培路①怎么走。这个月以来，每当我要问路的时候，总是禁不住想，公共租界能看到的欧洲人怎么这么少。向中国人问路不管用。一来他们听不懂我的问题，二来我也听不明白他们说什么。我的英语难以和犹太裔的英国人交流……终于，一个长得像犹太人的面孔出现了。我走上前用英语向他问路。原来他也要往那个方向去……几分钟后，见我英语不好，他就问我会不会讲俄语。我松了一口气，不那么受罪了，谈话开始轻松起来。他一听说我是从波兰来的，就问我说不说意第绪语。这还用问？我赶紧抓住机会。这下我可以畅所欲言了。他年纪轻轻，又在上海，我的小伙子［他只有二十几岁］意第绪语说得相当好。

1942年2月15日（第36—39页）

……人人都会评判别人。要是每个人哪怕能用十分之一的准确和客观去评判自己，我保证拯救世界都有望成功了。

我思量着另一件事……在我20年的文学活动中，从未与这些人［E.西姆霍尼和雅各·H.菲什曼］打过交道。这些人资质平平，问心有愧……粗俗无理，我和他们能有什么共同点呢？现如今，我被抛到了世界的一角，离开了原来的环境

---

① 亚尔培路（Albert Avenue），今名陕西南路，当时位于法租界。——中译注

和工作，是不是就必须……要和这些……人以及他们渺小的追求发生关联呢？

在上海这座城市，有几位犹太作家是件好事。即便不可能"在人民中"工作，至少还是在亲密的圈子中做事。我们可以合作，也可以分摊任务。既能安排小型讲座，还能一起分享文学上的欢乐与哀愁。

不幸的是，波兰难民作家是个虚构的群体……我们这些波兰难民带来了一小撮适合上海精神氛围的人［这里语带讽刺——伊爱莲注］，这些作家属于宗教群体和同化人士。哈，我真走运；我一辈子都备受犹太"群体流行病"［意即被划归某一群体——伊爱莲注］的煎熬，如今在上海仍是如此……

1942年2月18日（第69—70页 ［拉波波特删去了这条——伊爱莲注］）

街上有残疾人……死人横卧街头，没有下葬（中国穷人们连最后的这点体面都没有）。一次，我见到一个黄包车夫坐在车上，一边等乘客，一边读报或看书，这让我觉得——我真的就是这么想的——上海犹太居民的财富比中国人的贫困还要糟糕。中国人的贫困里面还有一些精神的东西，渴望崛起的意愿，而犹太财富只是赤裸裸的物质主义，粗俗，也不试着追求更高的成就……真是低俗中的最低俗。

未标日期（第73页）

人们认为，当一个人内心安宁，接触自然，从工作（不光是好工作）中获得乐趣，懂得享受艺术，或许就会成为一

个更好的人。其实，一旦皮肤上扎了刺，就连最温和的动物
也会狂暴。

1943年3月15日（第267页）

我告诉〔末底改·〕罗滕贝格和〔约斯尔·〕莫洛泰克，
我的脑力劳动是一种人工呼吸。他们看来完全理解。我打算
写一本书，谈犹太人的上海，里面涉及文化工作的那一章，
就命名为"人工呼吸"。

莫洛泰克快要陷于智力危机了。无论如何，这从他说的
话中就能推断出来，哪怕只是暂时的。他自然聪颖过人，但
他觉得这里没有任何东西可以拿来创造犹太生活，还问了一
个可悲的问题：犹太生活可能存在吗？它在哪儿？这真是不
幸……犹太生活必须要去创造，没人会为我们拱手奉上的。

1943年4月30日（第287页）

我今天提交了在虹口要一间房的申请。此刻，我的情绪
正常。最糟糕的是，我又要被迫中断工作了。战争爆发后，
这已经是我第三次重新开始工作了。可是……工作没有进
展……太伤心了。工作是我的一部分，或者可以说，是我的续
命药；不工作的话，我会觉得置身在一个充满敌意的世界里，因
为我自己的犹太世界——不管是因为上海犹太居民还是因为犹太
难民——对我来说都是陌生的、陌生的、陌生的。

1943年7月16日（第338页）

300多个没有"份儿"或"延期"的犹太人今天必须立刻

返回虹口的隔离区［拉波波特在4月收到了延期三个月的批文，才得以留在隔离区外——伊爱莲注］。……SACRA原本要在［7月］15日就此事开会商议……但由于西姆霍尼的婚礼，会议推迟了。

还需要其他证据证明谁在上海管理我们吗？

1943年7月23日（第346—347页）

人们又提起10月1日左右撤离的事，再次让我心神不宁。撤离太有必要了……可是根本无法保证我是否在撤离的名单上。要是这一切都是人决定的，又有何安全可言呢？既然第一批40人的撤离名单上没有我的名字，这一次也不可能有我。那些定名单的人自然有法子把名字换成这个人或那个人。单单这种不安全感就够让人痛苦的了。我不需要确保自己能够撤离［这真是个笑话］！别人嘲笑我的不安全感，但我还记得维尔纳，在那儿没有人给我机会去美国或者巴勒斯坦，我被忘掉了……

和肖莎娜·卡汉一样，耶霍舒亚·拉波波特也不喜欢上海。卡汉来上海之前就已忐忑不安，而拉波波特是抵达后才心灰意冷的。他曾期待丰富多彩的文化生活，却发现在非难民的上海犹太人中间充斥着庸俗的物质主义。原本期望自己的文学作品会有人欣赏，却未料被忽视甚至轻蔑。在拥挤不堪的上海，他没有考虑为自己找个工作的地点。确实，在这种环境下，他的工作越发显得不自然，自己活得也不真实。一次又一次，同他人一样，他盼望着能在撤离名单上找到自己的名字，可每次都希望落空。通过写日记，拉波波特表达了被人拒绝和遭受失败的心情。他郁郁寡欢，日记让他得以吐露内心隐秘的愿望，表达对众多难民同胞的反感，抒发他对自我价值的渴望，而他觉得无法在上海实现自我价值。

本书节选了两部日记，一部出自卡汉之手，另一部是拉波波特的，两者截然不同。这部分是因为卡汉的日记经过了编辑，并已发表，而拉波波特的日记似乎未做任何修改，更未发表。我们不妨认为，相较于卡汉，拉波波特的日记更能流露作者的心声。然而，两者的不同主要在于两人不同的自我认知。他们虽同为波兰的犹太知识分子阶层，但一位是表演家，另一位是学者。卡汉从她在上海的演出中得到极大满足，拉波波特却觉得上海犹太知识分子的生活糟糕透顶，像他这样有犹太学识的人根本得不到赏识。

但归根结底，另一时空下的读者能窥见两个截然不同的人对上海这座大都市的直接反应才是重要的。即便拉波波特在日记中对家庭生活以及他的妻儿必然经历的苦难几乎闭口不提，可他作为个体如何应对文化错位却是一目了然的。作为读者，我们再次认识到，将流亡视为个人经历而不只是集体经历是多么重要。

佚 名

时间和距离湮没了这位诗人的身份。这首《大头针，别钉在我这里》可能只是为了发发牢骚，作者可能只是偶尔给《上海回声》（*Echo Szanghajskie*）撰稿。

大头针，别钉在我这里（1944）[①]

在有关厨房的谈判过程中，坐在食堂临时办公室对面的某位B先生告诉大家，他不会挪地方，他想什么时候离开就什么时候离开。

别钉在我这里！
可敬的B先生！
你并不常驻这里，
所有难民都知道。

[①] "Szpilki, u mnie nie!" *Echo Szanghajskie,* no. 11 (July–August 1944), p. 2.

你现在才来这里，
显然是出自
你的恶意。
你会被这针卡住，吓得跳起。

你想留在这儿？
我来指条明道。
等我们都离开
欢迎你留下来。

我希望这场游戏
不带来任何坏事
因此我没有提
你可敬的名字。

写讽刺作品的人
经常选择对抗
当他们不想让
您这样的大人，千古流芳。

　　我收录这首短诗有两个原因。首先，截至目前，这本集子几乎没有关注上海的非犹太裔波兰难民，他们的出版物《上海回声》鲜为人知。他们被困在上海，远离亲人，家园被无情的敌人占领。就算战争有一天结束了，对他们而言似乎也前景未明。第二个原因是上海难民对琐事的关注，琐事充斥着难民生活。这首诗描写的事毫无意义，集中体现了利昂·福希特万格所描述的流亡者或外籍人士的生活：在很多时候，这种生活包含的情况琐碎恼人，往往还相当荒谬。[①]

---

① Lion Feuchtwanger, *Ein Buch nur für meine Freunde* (Frankfurt am Main: Fischer Taschenbuch Verlag, 1984), p. 535.

约尼·费茵

（Yoni Fayn，生于1914年）[1]

约尼·费茵生在卡米恩尼斯-波多尔斯基（Kamienice-Podolskie），幼年时随家人搬到维尔纳，并在那里上学。1936年，他去了华沙；1939年德国入侵波兰时，他逃离波兰。1941年，他与波兰知识分子和作家一起来到上海。[2] 1947年，费茵离开上海，前往墨西哥，在那里教了九年书。在抵达墨西哥的那一年，他出版了一本诗集，其中包括几首关于上海的诗。[3] 一年后，墨西哥著名壁画家迭戈·里维拉（Diego Rivera）赞助费茵在墨西哥城举办个人画展。1956年，费茵离开墨西哥前往纽约，成为纽约的霍夫斯特拉（Hofstra）大学的艺术教授。他以画家和诗人的双重身份享誉意

---

[1] 费茵的小传参考 Berl Kagan, ed., *Leksikon fun yidish-shraibers* (Lexicon of Yiddish writers) (New York: R. Ilman-Kohen, 1986), p. 440, 以及 Julia Goldman, "To Paint History," *Jewish Week,* July 11, 2003.

[2] 1942年6月5日的《申报》（05版，24501期）曾报道费茵在"静安寺路犹太人俱乐部［即犹太总会——引者］举行作品展览，前往参观者甚众，费氏当年仅29岁，可称颇有希望之青年画家"。——中译注

[3] Yoni Fain [Fayn], *A tlie unter di shtern* (A gallows under the stars) (Mexico City: Di shtime, 1947).

第绪语界，举办过几次画展，并坚持用意第绪语发表诗歌和散文。他在文学和绘画中都捕捉到了时代精神。关于费茵的诗歌，耶霍舒亚·拉波波特说其中有"精湛的画面，想象丰富，情感深厚……[他的诗]是用智慧和灵魂，用心，用文化和才华写出来的"。[①] 2007年10月，93岁高龄的费茵在伦敦犹太文化中心举办了自己的画展，被称为"最后一批讲意第绪语的表现主义艺术家之一"。

关于上海隔都的诗（1945）[②]

还有一首简单的歌谣
今天我要唱给你听，
这首歌无关母亲的微笑，
也无关长河上的帆影。

我会轻轻地唱给你，
关于上海的一座隔都，
如何变得像尘土般灰，
灰得如同五月的尘土。

上海伟大，目无法纪，野性十足，

---

① Yehoshua Rapoport, diary entry for July 18, 1943. Arc. 4° 410, the Jewish National and University Library.

② YIVO Institute for Jewish Research, Reel Y-2003-1855.9. *Undzer vort,* collection, 1945, pp. 27-30.

充满了尸体、风和老鼠，
充满喧哗，沉重地落下，
充满泪水——白得像米饭。
一百个民族被扔在一起
在潮湿的土地上腐烂，
贪婪和金钱混杂在一起，
被雨水一扫而完。

日本却想要找出
黄浦江畔的犹太部族，
为犹太人提供三重服务，
日本的旭日又大又新。

在本来是中国人的墙的地方，
竟然立起了犹太人的墙，
日本也需要一座悲伤之城，
它借自欧洲，似曾相识。
在废墟中
犹太人被圈住，
夜幕降临，包裹躺在地上，
那是从埃及溃败时留下的。
老犹太人弯腰坐下，
像朵深红的云缓慢前行，
用苍老、疲惫的眼睛

从垃圾中寻找一片面包。

风从黄海吹来，
树木摇摇摆摆，
火焰闪烁颤动，
夜蝇嗡嗡歌唱。

风已经吹走了，
儿童的尖叫在黑暗中回荡，
隐蔽的角落里藏着恐慌，
门上锁时嘎吱作响。

风吹来了新的一天，
队伍在街上等候，
那是人类而不是狗
在大门口等待通行证签发。
合屋大人颁发通行证。
犹太人乖乖地鞠躬：
"向日本致敬，她的力量，
很快能与我们的困境匹敌！"
合屋笑言：我是国王，
上海犹太人的王。
流浪者温顺地微笑，
国王想打谁就打谁。

在欧洲，第二位国王

拽着一根绳子在爬楼，

数着死去儿童的人头。

他哭了，他不走运。

人们不再提他的名字，

人们已经不再记住他。

他悄悄地向镜子走去，

问自己：你是谁？

你是弥赛亚，犹太人的主？

是蜘蛛引导的那位国王？

他四下张望，脸色苍白，身材瘦削，

继续与死者待一起。

但在这里，遥远的中国大地，

这个合屋为犹太民族所独有，

他是痛苦之王，羞耻之王，

王啊，荣耀、平安与赞美归你。

毕竟，所有存在都是一场游戏，

与污秽的游戏、与天堂的游戏，

石头和尘土，鲜血和美酒，

白色的眼泪，黄色的霉菌。

今天你活着，明天

这个人要命，那个人要钱。

责任的游戏，忧虑的游戏，

枪炮和风扇的游戏。
适合驼背玩的游戏，
闭起一只眼玩更好，
满头的头发把地板扫得干干净净，
试试几个头的头发扎成的大扫帚。

小人物玩的游戏，像赞美苍蝇、
赞美面包屑，也会乏味。
胜利的喜悦是为了什么？
强大的力量是为了什么？
犹太人的上帝是为了什么？
还不如苍蝇的神。
合屋国王在隔都里踱步，
打人，往通行证上盖章两次。

古老的游戏，恶作剧者的惯技！
让我去当最后一个过客，
迈着最后的踉跄的步伐，
拥有第一只无泪的眼睛。

上海隔都，犹太人的土地。
我乐意接受你的公民身份，
让它成为我的手，乞丐的手，
黄色的通行证将是我的旗帜。

我会站在长长的队伍里。
等着打脸，
用我的疼痛换取面包。
以微笑乞求你的恩典。

只是在夜深人静时分，
我会种下黑暗的言语，
这时我躺下，能够敢于
快乐地背负死神。
忘掉亲爱的兄弟，
也忘掉爱情，
高烧令四肢无力，
我不再强硬。
这该死的休息时间，
被杀人犯到处追杀，
让我像你一样仇恨，
不让你看见我的血汗钱。

自由信仰的日子不再有，
我会成为遇害者身上的伤口，
或者成为接受捐助的童子，
或者作为弄堂里凶手的妻子。

阳光灿烂的歌曲不再有，

只有一首我的鲜血要求的歌。

别再多费言词，兄弟们，

只有人，软弱的人，才能做朋友。

我不想再软弱，

夜啊，请留意我的祈祷，

说话者是你的儿子，一个痛苦的人。

说话者是一位需要帮助的犹太诗人。

结束了，漆黑的夜晚，

它如同盘旋聒噪的群鸦，带它走，

隔都咕哝着，醒了过来，

我阔步急行，或许已经明白。

　　这首诗里的怨愤显而易见，与西姆霍尼的诗《三个国家将我吐出来》形成鲜明对比。在有关上海的诗歌中，此诗戛戛独造，把上海犹太幸存者的境况纳入犹太历史的背景，将埃及的过去、欧洲的当下和上海的战争岁月融为一体。费茵的意象既是个人的，又是普遍的。它们来自欧洲隔都，来自欧洲对犹太人的屠杀。臭名昭著的合屋叶（上文图10）是赫伯特·泽尼克（Herbert Zernik）下文所录诗歌的主题，在费茵的诗中也有一席之地；合屋号称犹太人的王，他签署通行证，任意殴打虹口隔离区的犹太人。希特勒似乎也以已经死亡的"第二位国王"的身份出现。诗中简短提到了日本，但这不是政治诗，开头提到日本的几行诗后面也没有重复。鲜血、谋杀、杀人犯、仇恨、恐惧、饥饿、黑暗——这些词反复出现，仿佛诗人陷入噩梦，无法逃脱。他的痛苦是一场游戏，一场令人厌恶、虚幻不实、无穷无尽、无法形容的残忍的游戏。

然而，费茵并不是在寻找真实，不是在追问存在到底有什么意义，也不是在寻求希望或某种解脱。相反，他陷入了一种煎熬，得不到任何缓解，甚至犹太人的上帝也无能为力。在这种情况下，诗人似乎在说，活下去就要面对周围的残酷、谋杀和丑陋，还要面对自己的软弱和无法改变的东西。最后一句话内涵丰富：作为一个"或许已经明白"的人。费茵并没有假装说出确凿无疑的话。如果与存在有关的一切都是一场游戏，那么只有一件事可以肯定，即游戏正在进行，别无其他。像泽尼克一样，费茵很可能是在战争结束后写下这些诗句的，那时写诗揭露合屋叶和日本的野心已无安全之虞。

"犹太人的王"合屋叶正在视察隔离区的一个检查点。

赫伯特·泽尼克

（1903—约1972）

赫伯特·泽尼克16岁时在柏林开始了他的演艺生涯，主要从事喜剧表演。他在布痕瓦尔德集中营[1]被关押了一段时间，获释后前往上海，继续演艺生涯，并且相当成功。第二次世界大战结束后，他到美国短暂居住，后来返回德国。

猴变人（1945）[2]

世上某处有座动物园
建在景色优美的地点。
人人都喜欢它，
园里有棕熊和斑马。

---

[1] 纳粹于1937年建立的最大的集中营之一，位于德国东部魏玛附近，约有56000人在此遇害。不少上海犹太难民在抵沪前都有被关押在这个集中营的经历。当时的上海中文报纸将之译作"勃顷华特"。——中译注

[2] "Ein Affe wurde Mensch." 感谢Ruth Kollani博士给我提供此诗原文。

但说到最吸引人的

还是名叫"通"的奇猴，

人人都知道他。

他骑车、奏乐、吃喝，

训练有素，还有思想。

他独坐树上，静静地

梦想着、憧憬着

有朝一日，能像栏外人那样，

不再做只猴，而去当回人。

他等待时机，终于有天笼门没关上，

人们发觉时已太迟，

"通"离去已多时。

人们四处展开搜寻，

奇猴早已离开栖枝。

他穿上西服，剪了发型，

"通"如今非常温驯。

他满口英语，

想向人类把仇寻。

有座小镇，满是流离失所的人，

他选中那里，一展邪恶的

抱负。

人们叫他"大人"，他像国王大权在握，

在办公室摆了一张"尖叫"桌，

他的臣民都很能干。

但若有人贸然前来

对他不恭不敬，

他会转眼睛，喘粗气

大叫："我要毙了你这骗子。"

于是来了马屁精，都是显赫的绅士，

领他参加一个个庆典。

虽然他处处招人讨厌，

绅士们却似乎洋洋得意。

这些人模人样的猴子，

他不禁暗自窃笑。

他冒充音乐内行

对艺术信口雌黄，

他抓起小提琴胡拉乱奏，

马屁精却捧为天籁。①

他作威作福，

发明了粉色和蓝色的"号令"②

叫人们佩戴。

---

① 合屋叶（1901—1983）业余喜欢拉小提琴，见［美］戴维·克兰茨勒：《上海犹太难民社区》，许步曾译，上海：上海三联书店，1991年，第328—329页。——中译注

② "号令"指出入虹口隔离区的通行证，当时分为特别通行证和临时通行证两种：特别通行证为蓝色，发给在隔离区外有固定职业的人，有效期为三个月；临时通行证为粉色，一天至一个月有效。这种粉色或蓝色的圆形金属徽章通行证别在上衣的翻领上，上面印有中文"通"字。见饶立华：《〈上海犹太纪事报〉研究》，北京：新华出版社，2003年，第61页；［美］戴维·克兰茨勒：《上海犹太难民社区》，第326页。——中译注

他那些愚蠢的问题，人人必答。

众人站着，等上他好几个小时

直到他心血来潮，令他们退下。

每当他在镇中趾高气扬地走过，

众人无分低贱或文雅，

都必须鞠躬弯腰。

如果有人没做到

就会受到毒打。

他一天比一天无耻和胆大

直到报应降临，

动物园饲养员找上了门，

将他捉住，扔回他该去的地方

——那高高的树上。

他坐在那里磨牙，做梦

又变回他以前是并将永远是的猴子，

赤身露体，像从前那样

狂欢至此散场。

　　泽尼克此诗的主人公合屋叶人见人恨。所有人都说他是虐待狂和野蛮人，滥用手里签发离开虹口隔离区通行证的权力。泽尼克这首诗可能作于战争刚结束时，表达了大多数（如果不是全部的话）犹太隔离区居民的情绪，他们害怕此人，但如果他们想要离开虹口，除了忍受他的虐待，别无选择。

肖莎娜·卡汉

（萝丝·肖莎娜·卡汉，1895—1968）^①

肖莎娜·卡汉（图17）生于罗兹（Lódz），幼年时成为孤儿。她作为意第绪语戏剧女演员的身份最为出名，同时也是熟练的戏剧翻译家以及诗歌和多部小说的作者。她常常用笔名在立陶宛、阿根廷等地发表这些作品。肖莎娜嫁给了同为作家的雷泽尔·卡汉（Leyzer Kahan，1885—1946），二人在德国人入侵波兰时逃往维尔纳。他们随同那批波兰犹太作家一同于1941年抵达上海。她的日记之所以珍贵，在于其

图17　肖莎娜·卡汉。出自《意第绪语戏剧辞典》第三卷（Zalmen Zylbercwajg ed., *Leksikon fun yidishn teater*, New York: Elisheva, 1959）。

大部分内容写于流亡时期，不仅表达了她个人的感受，还表达了许

---

① *Leksikon fun der nayer yidisher literatur*, vol. 8, columns 24–25.

多——如果不是大部分——波兰难民同胞的感受。作为上海慈善机构的帮助对象，这些波兰难民感到，那些不情愿给出的慈善是对他们无家可归的额外惩罚。1946年5月5日，在一次《米利暗·艾福罗斯》的精彩演出后，[①]她和丈夫都染上斑疹伤寒。雷泽尔几周后去世。肖莎娜康复后，于1946年离开上海，前往纽约，在那里继续创作生涯，她的几部小说也在纽约被改编为意第绪语戏剧。

《在火与火焰中：犹太女演员日记》（节选，1941—1945）[②]

1941年10月10日（第278—279页）

我们只得去上海，即便收到了从那里寄来的可怕信件。留在这里［神户］的过境签证无法再延期了。今天一大批犹太人已经离开。战争气氛浓厚。我们再次坐在黑暗中，再次跑去看遣送名单上有没有我们的名字。先前，在名单上看到自己的名字，会高兴。今天，在前往上海的名单上看到自己名字，会哭。

1941年10月25日（第282页）

23日到达上海。我们所有的朋友都带着鲜花来港口迎接。我们尚未下船就看出了日本人和中国人的巨大差异。日本人工作起来勤恳而安静，中国人又慢又吵。从来听不到他的

---

① Alfred Dreifuss, "Mirele Efros, von Jakob Gordin," *Shanghai Herald*, May 7, 1946, p. 3.［《米利暗·艾福罗斯》是乌克兰剧作家雅各·戈尔丁（Jacob Gordin）写于1898年的意第绪语戏剧，一度非常流行。——中译注］

② R. Shoshana Kahan, *In fayer un flamen: togbukh fun a yidisher shoyshpilerin* (Buenos Aires: Tsentral farband fun poylishe yidn in Argentine, 1949).

［中国人］脚步声，因为穿了软底拖鞋或草鞋，却总能听见他大声嚷嚷。无论提着小行李还是背着沉重的货物，他们总在唱"哎吼，哎吼"。若一个中国人想抢另一个人的生意，立即就会奔过来15个中国人……每个人都抓了一件［我们的］行李，我真是吓坏了……

1941年12月8日（第289页）

接下来会怎样？我们又一次陷入战火。上帝啊，我们受的苦还不够多吗？太平洋战争今早打响。在上帝创造的世界里，再也找不到一块和平的土地了。我们所有的朋友像中毒的老鼠一样到处乱跑……最后一线希望破灭了，［我们］得不到任何帮助。到目前为止，我们仍然能从美犹联合分配委员会那里得到几分钱。自从美犹联合分配委员会的马戈利斯小姐到来后，难民们的处境总体上有所好转。援助东欧犹太难民委员会还接管了对波兰和立陶宛犹太人的管理，我们不用再和斯皮尔曼委员会打交道了。东欧犹太难民委员会与美犹联合分配委员会有联系，现在它不再可能从国外接受资金了。我们被遗弃在一个亚洲国家，谁知道接下来会发生什么呢？

1942年3月8日（第291页）

我工作起来不怕苦，今天我们已经为普珥节表演了一场。这是场综艺演出，我们给它取了个具有上海情调的名字："大米馅的哈曼包"（Homentashen with Rice）［"哈曼包"①这种三

---

① "哈曼包"是阿什肯纳兹犹太人的特色糕点，通常在普珥节吃，希伯来语叫"哈曼之耳"。——中译注

角形的糕点通常用罂粟籽做的馅填充。——伊爱莲注]。

作家摩西·埃尔波姆创作了各段节目，斯维斯拉基（Svislacki）和马库斯写了喜剧小品与歌曲，著名音乐教授肖恩博伊姆（Shaynboym）谱写了音乐。雷泽尔·卡汉是文学经纪人。门票已售罄。但剩不了多少钱［发工资］。援助东欧犹太难民委员会不再资助我——他们说我已经"赚"到自己的钱了，不过我很高兴我们让上海犹太人有机会听到意第绪语。许多节目被日本当局禁止，其中包括D.马库斯的重要节目《环游世界》。

1942年4月16日（第292页）

今天，雷泽尔回到家心情不错。他和作家代表团一道去见了［塔德乌什·］罗默大使，他也被迫离开日本，来到上海。大使解释说，撤离上海［如果名单上有波兰公民，这些公民就可以离开上海，前往其他国家——伊爱莲注］看来很有把握，而作家们比其他难民更容易受到威胁，出于安全考虑，他们将被撤离到另一个国家。这意味着我们有望从上海得救……我的上帝，但愿这次不要再让我们失望了。

1942年5月10日（第292—293页）

今天是《卖牛奶的台维》①首演，我扮演果尔达。我不得不放弃综艺演出，首先是找不到那么多综艺演出人才。此外，在上海，综艺演出只能办一次，第二次就没有观众了。演出

---

① 意第绪语作家肖洛姆·阿莱汉姆的名作（著名的好莱坞电影《屋顶上的小提琴手》就是据此改编而来），有中译本。——中译注

费用还特别高，就算票全部卖光都不够支付成本。停止综艺演出是唯一的出路，还是要回到戏剧，尤其是意第绪语戏剧。可去哪儿找剧本呢？

在丈夫雷泽尔的帮助下，我坐下来，凭记忆写出了肖洛姆·阿莱汉姆的《卖牛奶的台维》，我以前和莫里斯·拉姆佩在欧洲将此剧演了几百遍。

我还知道能胜任的业余演员住哪里。我必须跑到他们家里，用意第绪语教他们如何表演自己的角色。我独自设计了舞台布景，自导自演。演出场场爆满，令我快乐极了，物质上不仅得到回报，艺术上也成功了。

1942年7月20日（第294页）

我仍在住院，但感觉好多了。今天听闻所有犹太难民都要被送往一个集中营。

几天前，有官方通知说要撤离英国公民，波兰公民也会一同撤离。每个人都心跳加速：波兰大使会带哪些人离开……波兰公民分到50个名额。显然，屈指可数的几个基督徒难民最有资格，接下来是改宗的人、有名的同化分子，然后才是其他难民。总共［不超过］50个名额。

1942年7月25日（第294—295页）

我又一次感觉糟糕。雷泽尔像影子一样四处游荡。撤离名单已经公布。他的名字不在上面。即便他是作家协会主席，即便波兰大使已经保证作家会最先离开，因为他们更容易受到威胁。即便如此，名单上连一个作家也没有。个别同化了的犹太人定下了规矩，作家们则有尊严地对抗迫使他们接受这些规矩的企图，［罗默］为此火冒三丈……与此同时，大家来到医院祝我好运，告诉医生一定要让我好起来，因为我就要离开了……可怜的雷泽尔再次失望，再次心灰意冷。

1943年2月18日（第298—299页）

我们担心的事情终于发生了。今天，官方告示出来了，1937年之后来的每个人都必须迁入特定街区。它委婉地叫作"许可区"［指定地域］，其实际名字"隔都"让人羞于启齿。实际上，我们将被关进隔都。我们被迫奔波了数千英里，到头来居然落入了这里的隔都。

难民的日子近来不好过。大家普遍吃不饱。由于缺乏维生素，几乎所有人的舌头上现在都有水泡，难民医生斯坦曼（Steinman）开的处方是每天吃个鸡蛋。斯坦曼医生善良，秉持理想主义，不得不与管事的做了很多斗争，才让他同意了每天一个鸡蛋。

雷泽尔牙龈红肿，舌头也通红的。他正在吃酵母［以弥补］维生素缺乏。每个人都愁眉不展地走来走去。他们要求我们在5月18日之前搬离，还剩三个月。

1943年3月30日（第299—300页）

形势糟糕。SACRA［上海阿什肯纳兹合作救济会］（日本人成立的一个由上海犹太居民中的富人组成的委员会，日本人要求他们将难民转移到隔都）几天前登报宣告，波兰难民必须登记，因为他们［也］必须迁入隔都。所有难民都痛恨

SACRA，他们觉得SACRA就不该接受这个丑恶的任务，串通日本人把我们推进隔都。报纸上的告示激怒了波兰难民，这情有可原。他们开会商量如何避开隔都，大多数难民认为，与其把我们送进隔都，还不如把我们送进拘留营，宣布我们是敌人，就像对待英国人和美国人那样。也有不少人认为隔都比拘留营好，犹太富人多持［这种观点］。但他们［犹太富人］给我们的帮助，没有也罢。

今天，援助东欧犹太难民委员会把［救济难民的］厨房锁上了，因为难民聚在那里商议怎样可以不去隔都。雷泽尔像往常一样，拿着锅去打点米饭，却发现厨房关门了。就这样，饥肠辘辘的难民们拿着锅站在厨房前，这可是他们自己建造的，援助东欧犹太难民委员会只出了一笔小钱。不给我们东西吃，以此惩罚我们。可怕的争吵发生了。在过去几天里，由于［人们］脾气暴躁，丑闻不断。

1943年5月18日（第301—302页）

今天，SACRA与经学院①学生之间爆出大丑闻，全都是因为隔都和房间稀缺。经学院学生捣毁了［SACRA的办公室］，33名学生被捕。［日本］施虐狂为被捕的学生准备了"老汇山"（Salweishan）②，这是收容中国流氓——获释的小偷和罪犯——的地方。

经学院学生反对这个安排，不愿去那儿。他们坚持用自

---

① 指密尔经学院。——中译注
② "weishan"当指"汇山"，"Sal"待考。——中译注

己的钱租公寓，因为他们得学习，而在这么可怕的房子里他们坐都不能坐。这不管用。日本杀人犯不想撤回他们的要求，也没有更改命令。于是，经学院学生就去找负责难民迁入隔都的SACRA。久保田勤这个歹徒非常平静地坐［在SACRA那里］……四周围着一群瑟瑟发抖的犹太人。

经学院学生上演了一场革命，他们把所有能找到的东西都砸了，富有的［犹太］居民不惜破财，竭力压制此事。因为这场"革命"，学生们没有去"老汇山"。［犹太］居民说服了歹徒久保田勤，允许他们自费租房。

经学院学生那天成了英雄。整个上海都在谈论这些"革命者"。

1943年9月11日（第303页）

女儿利尔克（Lilke）从梵蒂冈发来电报，上面说她在梵蒂冈。现在我不用担心她了。她还预付了回电报的钱，可是［邮局］不受理发往意大利的电报。

1944年4月20日（第309页）

挤在一起生活太可怕了。到了晚上，我们得打开房门，才能展开折叠床，占用一半过道。由于空袭演习，今晚拉响了"警报"，楼上的邻居下楼时没法快跑，因为我们的床就挨着楼梯，得花几分钟才能把它折叠起来。有几个难民被抓了。［不过］恩格尔曼和博莱克·西尔伯贝格今天获释了。他们因为没有按时回隔都而被捕。瑞普和耶霍舒亚·拉波波特也因同样的罪名被捕。新来了一批晚到的难民，他们马上要去大仓

（Okura）^①那里登记。

1944 年 8 月 15 日（第 319—320 页）

雷泽尔还在住院，身体不适。天热得要命，我还没拿到探望他的通行证，但却领到了去［位于公共租界的］犹太总会的通行证。好吧，我还学会了用这张通行证混进法租界。今天，有轨电车上一直有人检查，我有点害怕，好在日本人没来妇女这边查，我们得以继续赶路。我只是受了点惊吓就逃脱了。整个城市在沸腾，所有1937年之后来到上海的人都必须登记。居民以及所有获得延期和豁免的难民都必须登记。就连居民［现在］也在等待坏法令。有传言说，在一个岛上已为我们这些隔都来的难民准备好了地方，［我们离开后］，居民就会代替我们住进隔都。

1944 年 11 月 21 日（第 325 页）

可怕的白天，可怕的夜晚。空袭警报和轰炸持续了整个夜晚与整个白天。炸弹落到了日本人的地盘杨树浦^②。载满伤员的卡车和汽车正在驶过。医院里全是受伤的中国人……

1944 年 12 月 10 日（第 326—327 页）

我走了运，做起生意来。这太不容易了，许多"夫人"看不起我，但做生意就会这样。我不得不参加舞会。雷泽尔病了，必须补充更好的营养……自从天上掉下炸弹以来，就

---

① 大仓是合屋叶的同僚，曾频频殴打犹太难民，施虐狂的倾向比合屋叶要厉害得多。——中译注

② 杨树浦（Yangzipu）是日本人控制的公共租界的一个地段。——中译注

买不到任何东西了。大家都想在家里囤食物和必需品。于是我就做起了生意。隔都里安排不了演出。大多数移民来自德国和奥地利，不懂意第绪语。这里只有大约800名波兰难民，其中大部分又是经学院学生；这儿根本就没有观众……

1944年12月20日（第327页）

我做生意赚了不少钱，但今天我没有进城［公共租界］。爬了那么多楼，我脚痛。为了卖一小瓶油，就得往上爬；人人都住在高层。昨天，我去了三趟帕尼维斯基夫人的家，她住在八楼。她是个好主顾，而我想挣钱。我还爬了两趟九楼，到比特克（Bitker）家取订单和送货。要是没人在家，我就得爬第三趟去拿钱。昨天冒雨回家时，我哭了一路。

1945年7月18日（第338—340页）

大家尚未从昨夜的轰炸中平静下来，今天的猛烈进攻又开始了。进攻结束后，载有伤员的卡车再次开动。炸弹这次落在公共租界和南岛。昨天的毁坏惨重。死了几百人，其中有40名犹太人。昨天有几千人受伤，今天又有几千人受伤。塞尔迈斯特（Celmeister）的女儿露丝·威尔纳死了；小库什尼尔死了，次小的库什尼尔受了重伤；犹太工人联盟分子［Bundist，意即此人是社会党人］伯尔·安贝洛斯的孩子们也受了伤。犹太医生们夜以继日地工作，包扎伤口，做手术……没有药，没有工具，他们直接用普通刀子做手术。难民们以超人的力量救出那些被埋在废墟中的人。美国人对隔都的轰炸令所有人忧心忡忡。

现在，我们为遇难的波兰人［难民］举办了葬礼。所有人来到华德路①上的犹太会堂。经学院的师生来了，许多居民、难民的朋友、阿什肯纳兹拉比和哈依姆拉比……当列文森拉比……和约尼·费茵致辞时，我听到了令人心碎的哭泣。

天太热了。运尸卡车一到，沉痛的哀悼就开始了。尸体上盖着血淋淋的破布条，成群的苍蝇在上面爬来爬去，血已干了。卡车很快驶离犹太会堂，毕竟尸体已经开始膨胀。库什尼尔夫人去墓地前被打了一针，［因此］完全不清楚当时发生了什么。当丈夫和儿子被放入双人墓穴时，这个可怜的女人在一旁看着，好像和她没有任何关系似的。人们禁不住放声大哭，这个女人却无动于衷地站在那里，没意识到自己的不幸。从墓地回来，我们精疲力竭、伤心欲绝。我们谈起那个可怜的……［男人］，他去［难民］厨房为自己、为妻女领食物。人人都劝他等轰炸袭击结束后再去。他却说自己的妻子可怜，工作辛苦，从市里回来后又饿又累；他很快会把吃的拿回来。他再也没回来……在离厨房不远处，发现了他尸体的各个部分，连同难民厨房的汤一起散落在地，锅就在一旁。此人叫艾格拉，是来自比亚韦斯托克的有钱人，但一直拿不到特殊通行证。他那精力充沛、过惯了养尊处优生活的妻子夏娃却拿到了，于是夏娃每天进城做生意。她拖着几磅重的糖拿去给富人，兜售节假日喝的葡萄酒，为了养家糊口天天都爬好几十层楼梯。他鲍里斯·艾格拉则无论天寒地冻还

---

① 华德路（Ward Road），今名长阳路。——中译注

是烈日炎炎，到了中午就替妻子排队，因为她的特别通行证每十天便要更新。他老觉得过意不去，该去工作的是他而不是妻子，所以就想着起码家务事自己要尽量多做，天天去难民厨房领晚餐……在那儿死神找上了他……我们从墓地回来后，［又］听到了激烈的射击。人们开始奔跑，漫无目的。中国人惊慌失措。只是到了后来，我们才发现［响声］原来是雷声，台风来了，大雨倾盆，我们很高兴。飞机飞不过来了。

1945年8月11日（第346页）

［在她出隔都访友的那个夜晚，传来了战争结束的消息。——伊爱莲注］我们睡不着，起床，穿好衣服，打算上街找份报纸看看。街上人头攒动……素不相识的人互相亲吻，相互道贺，中国人，俄国人，宛如一家人。报纸上没有正式的和平告示，只说日本已经投降，天皇将继续掌权。尽管如此，人们还是欢天喜地，没人过问细节。我们此刻沉醉在"和平"这个词中。我们以前梦中念着它，醒来想着它，呼吸着它。眼下，我到处都能听见"和平"这个词。听到它感觉真好。

1945年10月30日（第359页）

今天早上，我们接到通知，HICEM有一份我们的电报。雷泽尔立即赶到城里，等办公室开门。电报发自梵蒂冈。上面说莉莉［Lili, 卡汉夫妇的女儿］身体健康。她收到了我们的信，也回了信。［电报的］署名是梵蒂冈书记员。这是否意味着我的孩子遇到了危险，不得不躲在梵蒂冈……不然为何是梵蒂冈书记员签名而不是她自己签呢？难道她被捕了吗？想着这些，头痛欲裂……雷泽尔马上又去给莉莉和我们的表弟乔治各发了一封电报，请他们给我们发书面担保。我们现在只为邮政部门打工：稍微挣点钱，就会用于寄信和发电报，只求它们能带回音讯。

1945年12月16日（第365—366页）

密尔经学院贴出一份在华沙获救的犹太人名单。我们将经学院的房屋团团围住。人人都挤上前看一眼，说不定会［找到］一位亲人。许多难民不愿靠近名单，不想知道自己不再剩下任何亲人的真相……我读着名单，一声欢叫发自肺腑：找到了乔纳斯·图尔科夫和他妻子戴安娜·布鲁门菲尔德的名字。[①] 他们获救了。读到字母"K"开头的部分了，一看到撒母耳·卡汉这个名字，我就心跳加速，这是我儿子的名字。但我很快发现这个撒母耳·卡汉70岁了；他应该活着，应该健康，他肯定有后代，他们见到他的名字会很高兴。但这不是我儿子。我立刻发电报问候，请求查明我的孩子们的［下落］。我给每个国家和每个城市的所有熟人，无论远近，都写了信，发了电报，但令人遗憾的是，我还没有收到回信，连电报的回复都没有。

---

① 乔纳斯·图尔科夫（Jonas Turkov, 1898—？）及其妻子必定是卡汉夫妇的密友。丈夫是演员和作家，妻子是演员。他们1945年离开波兰，1947年抵达美国。关于乔纳斯·图尔科夫的生平，见 *Leksikon fun der nayer yidisher literatur*, vol. 4, columns 58–60。

这部日记最后三分之一经过了编辑，①因而只有大约100页篇幅涉及上海，尽管如此，这仍是一部关于战时上海极其珍贵的作品。卡汉从1939年9月二战第一周开始记录，细致描述了丈夫雷泽尔、儿子们以及她自己先后离开华沙的情景。她逃往维尔纳，在那里与丈夫重逢，然后去莫斯科，再坐上穿越西伯利亚的火车抵达海参崴。从海参崴开始，这群波兰犹太作家同其他人一道前往神户，8个月后，又来到上海。他们在神户受到当地俄国-犹太社团的欢迎；他们喜欢神户和日本人民的友好，所收到的有关上海情况的消息则令他们害怕。

事实证明，上海的生活确实非常艰苦。卡汉经常提到，她与其他波兰难民如何拒绝像德国和奥地利流亡者那样住在拥挤的宿舍里。只要美犹联合分配委员会（JDC，日记中写作"Joint"）能把钱送到上海需要援助的难民手上，情况就尚可忍受。令波兰犹太群体深感欣慰的是，1941年3月成立的援助东欧犹太难民委员会承担了照顾他们的责任。但太平洋战争爆发后，JDC的资金送不到上海了，一切变得糟糕起来。1943年2月，新的打击再次降临。1937年以后抵达上海的所有无国籍犹太人，包括波兰犹太人，都必须迁入虹口的一小块地区，这座隔都被委婉地称为"指定地域"。卡汉生动描述了这群波兰犹太人在1943年通过反抗试图拒绝迁入隔都，

---

① 见张守慧这篇未出版的论文：Chang Shoou-Huey, "Eine jiddische Künstlerin im Exil in Shanghai während des Zweiten Weltkriegs—Rose Shoshana und ihr Tagebuch 'In Fajer un Flamen'." Several entries from 1941 and 1942 were translated by Chang Shoou-Huey into German, "Rose Shoshana und ihr Tagebuch 'In fajer un fl amen,' eine jüdische Künstlerin im Exil in Shanghai," *Zwischenwelt*, vol. 18, no. 1 (February 2001), pp. 52–57.

但最终仍无济于事。

尽管空袭警报造成了新的困难，但难民们很高兴看到美国轰炸机飞临上海上空，这意味着战争即将结束。但随后便发生了1945年7月的灾难，美国炸弹也落在了虹口。卡汉让我们了解了这次空袭是如何影响个人和家庭生活的。透过她的眼睛，我们看到了哀悼者在墓地聚集的动人场景，听到了关于一位为家人领取食物而遇难的男子的谈话。

1945年战争结束时，人们开始疯狂寻找可能从大灾难中幸存下来的亲人。她对阅读获救人员名单的场景，或徒劳地等待回信的感人描述，无不令人难忘。她描绘的人们争相看名单的画面不仅出现在上海，还出现在欧洲犹太人聚集的任何地方。许多人悲痛欲绝，泪流满面，也有个别人为找到熟悉的名字而欢呼雀跃。1946年夏天，她和丈夫都患上严重的斑疹伤寒。雷泽尔·卡汉因这种疾病于1946年6月去世。肖莎娜在7月12日的日记中动情地写道：

> 一页黑纸。写满悲伤。雷泽尔不在了。我丈夫已经不在了……我甚至没有参加他的葬礼，我甚至不在他的病床前。他孤独地死去，被遗弃了……像石头般孤独……既没有孩子也没有妻子陪他到永远的安息，没有听到他的遗愿。（第381页）

日记结尾是她在1946年10月离开上海前往美国。

这一时期的日记极为稀少。卡汉的日记特别重要，因为她对日常生活的观察细致入微，而历史学家通常注意不到这些细节。她所关注的，不是世界上的大事，而是如何找到食物、她在犹太总会的成功演出、如何应对疾病、如何谋生。这本日记让我们得以窥见一位妇女的生活，以及她在战争和流亡的严酷条件下保留人性的努力。

1940年中欧犹太协会（Jüdische Gemeinde）建立的哥伦比亚路（今名番禺路）犹太公墓的入口。

上海犹太难民阅读欧洲灭绝营幸存者的名单，从中寻找可能幸存的亲人。

库尔特·莱温

每周的沙拉（1946）[①]

经过了二战的血雨腥风，

平静的时代已来临，

依我看，虽然不难感到，

这一天却相当无聊。

没有胜利，没有英雄，

没有新鲜事，我不会装有，

本周末的沙拉

小于零的数字。

伊本·沙特[②]没有活动，

罢工无声无息地结束，

纽伦堡审判慢慢表明

---

① YIVO Institute for Jewish Research, Reel Y−2003−1854.1, *The Shanghai Herald,* no. 10, March 11, 1946, p. 4.
② 沙特阿拉伯首任国王。——中译注

再大的罪行也可修补。

世界处处挂满和平的花环，

大大小小的会议一个不少，

和平就摆在当下，这是我们的信条，

让我们真抓实干，造出更大的炸弹。

新闻上说，可靠管道里的水

变成了，因此我觉得，

UNRRA[1]的药片，

能除盐，只要放一点。

如果药片的氯味太浓，

药剂师啊，你有责任

发明味道不重的药片，

不怎么浪费，就能

抑制氯的气味。

与此同时，市长想

拓宽我们的小巷，

方便行人走路，这样

雨天也能去外滩。

周末吃的

容易消化的沙拉

就这样备齐了。

我们准备好了，我是认真的，

---

[1] 即联合国善后救济总署（United Nations Relief and Rehabilitation Administration），1943年11月成立。——中译注

你的诚挚的，

库尔特·莱温

《每周的沙拉》是《上海捷报》（*Shanghai Herald*）的定期栏目，莱温在这首诗中巧妙地把外国的大事和上海的情况结合起来。纽伦堡对德国战犯的审判与冷战时期制造原子弹的热情在他笔下共存。他奚落联合国善后救济总署提供的净化饮用水的万灵药，并将药片与遍布银行和外国商店的时尚外滩相提并论。莱温的讽刺诗堪称流亡期间的最佳诗作之一，即使战争结束后，他仍在写这类诗。毫无疑问，一定程度上正是由于精通德语散文和诗歌，莱温才返回了德国，而不是像大多数上海难民那样，试图移民到其他地方。

同样值得注意的是，这些德国诗人倾向于写讽刺诗（虽说他们也写了其他诗作)，上文翻译的卡尔·海因茨·沃尔夫和赫伯特·泽尼克的诗作也是讽刺诗。相比之下，意第绪语诗人就没有诉诸这种文学手段。沃纳·沃德特里德认为，不应把对流亡的讽刺视为来自边缘的玩笑或嘲弄。讽刺流亡是流亡文学的重要组成部分，既是对抗故国传统破坏者的一件武器，又是对被迫流亡国外的一种矫正。①

---

① Werner Vordtriede, "Vorläufige Gedanken zu einer Typologie der Exilliteratur," in Wulf Koepke and Michael Winkler, eds., *Exilliteratur 1933–1945* (Darmstadt: Wissenschaftliche Buchgesellschaft, 1989), p. 38.

雅各·H. 菲什曼

婚礼（1947）[1]

尽管胡须直挺挺地上翘，走起路来鞋子发出英武的咔嗒声，罗伯特·斯坦因的面庞依旧流露出深深的挫败感。他的胡须和鞋子英武的咔嗒声，犹如墙上照片里神情严肃的军人，记录了岁月的痕迹。曾经一度，所有这些都有价值，但现在一文不值，令他郁郁寡欢。这容易理解。毕竟，哪怕就在战争爆发前一年，罗伯特·斯坦因仍在骗自己，觉得自己是德国的永久公民，他的雅利安商人朋友们也没有流露出任何反犹主义迹象，他们关系融洽。因此，当看到警方要他和家人必须在八天内离开德国的通告时，他简直不敢相信自己的眼睛。他从一个办公室冲到另一个办公室，试图寻找答案，直到他确信他没有看错。这真是一场不幸的灾难。

---

[1] Jacob H. Fishman, *Farvoglte yidn* (Homeless Jews) (Shanghai: J. M. Elenberg, 1948). Reprinted in Steven Spielberg Digital Yiddish Library, no. 10847 (Amherst: National Yiddish Book Center, 1999), pp. 39–52.

从柏林到上海的整个旅程中，罗伯特·斯坦因在他两个孩子面前羞愧难当。库尔特15岁，是个真正的德国男孩：高大、金发、自信。艾尔莎小哥哥两岁，但同样身材高大，满头金发，唯一不同的是，她很伤心，总黏着母亲。罗伯特羞愧难当，就好像有人去说服朋友，要他相信某件事能给他带来好运，此事最终却招致了巨大的不幸。在罗伯特看来，两个孩子知道自己是犹太人了。他不愿想此事，可它总萦绕在脑中，挥之不去。

....

早先，罗伯特·斯坦因认为，一旦抵达上海，一切都会好起来。他向妻子格蕾特和孩子们保证，倒霉的日子即将结束，战争不久就会停止，"那帮猪" ——他口中的希特勒及其爪牙——会被击溃。到时人人都能回家。可世事无常，更多的不幸接踵而至……一切源于上海，占领上海的日本人正准备将刚刚抵达上海的欧洲犹太人安置在隔离区。厄运如影随形。

罗伯特像其他人那样，收拾行囊，搬进了隔离区。格蕾特和艾尔莎跟着他，库尔特却拒绝同行。这个男孩高大结实，面容上看不出犹太人的特征，完全是德国人的长相，目光炯炯有神。库尔特向父母宣布，他不会搬进隔离区，也不愿被关在里面。但他如何做得到呢？不必担心，他自会有办法拿到证件。在罗伯特看来，非法伪造证件是可耻的，但儿子比他足智多谋，这让他无地自容。

....

罗伯特重新开始做生意的梦想在隔离区破灭了。原柏林商人、德国军人罗伯特·斯坦因拿上一个金属锅，去了临时搭建的简易厨房，他在那里把各种食物混合放进锅里。"糟透了。"罗伯特生气地咕哝着，拿着锅回家。格雷特掀开锅盖，一看到令人恶心的炖菜，一阵头晕，禁不住骂道："天哪！" [*Donnerwetter*]

库尔特每周从城里来一次，给父母和艾尔莎带来一些水果。他感到自豪：他不住在隔离区，口袋里还有点钱，能够接济父母和妹妹。库尔特给他们讲述自己怪诞离奇的好运，父亲尽管不愿意听，但还是像母亲和妹妹那样大口吞吃苹果。在又一顿令人倒胃的午饭之后，吃点水果既令人愉悦，又有益健康。他们边吃边赞："太棒了！"

…………

每天，帮妈妈做完家务后，艾尔莎都去住在同一条巷子的布罗伊德家，经常在那儿待到深夜。布罗伊德夫妇是波兰犹太人，布罗伊德先生还是一位拉比，尽管如此，她还是被这家人吸引住了。艾尔莎在那里感到宾至如归，仿佛他们是她的家人一般。

他们家里十分热闹，挤满了访客。这些人大多是难民，甚至包括年轻的经学院学生。所有人都宾至如归。布罗伊德太太马尔凯尔对人人都很满意，好像很感激他们终于来了似的。如果谁能给她带来一些活儿，她甚至更高兴。她两岁的儿子小门德尔聪明可爱，从不哭哭啼啼。相反，他总是唱歌。他走向每个人，拥抱每个人，跳到他们的手和肩膀上。因为小门德尔，艾尔莎在布罗伊德家十分开心。她在巷子里初次见到这个小孩时，他就用小手把她拉了过去。布罗伊德太太很高兴门德尔喜欢上罗伯特·斯坦因的金发女儿。这就是艾尔莎当初去布罗伊德家的原因。她最早在那待一个小时，但一天后就开始待更长时间。她在那里感觉很好，不想离开。她不仅对小门德尔，而且对布罗伊德一家和那里遇到的所有人，都有一种依恋。然而，她父亲不喜欢这个；她为什么要爬到这些波兰犹太人，尤其是一位拉比那里？她母亲发出"天哪"的惊呼也改变不了她。

··············

库尔特整天在城里转悠和交易。无论在哪里，只要有生意即将成交，库尔特都要确保参与其中，获得部分收益，弄点钱花。他到最大的餐馆用餐，只点最好的菜，吃得满嘴冒油。就在前一天，库尔特带着中国邻居的女儿罗珍去了一家餐馆，为她点了菜单上最贵的菜肴和饮品，是罗珍做梦也想不到的食物。库尔特没有表白，也没有用甜言蜜语追求罗珍。毕竟，他不懂中文，而她一个德文单词也不会，他们之间能有什么谈话呢？但罗珍为他的堂堂仪表着迷：魁梧高大的库尔特环顾四方时自有一种威严。她用孩子般天真的眼神望着他，用眼光抚摸他，似乎想紧紧抱住那个大个子男孩，因为她发现库尔特温柔体贴。库尔特没有把钱花在罗珍身上，她本应当穿得漂亮，吃得好。

罗珍的父亲是贫苦的木匠，整日在巷子里从早忙到晚，切木板、刨木板，没察觉女儿出落得楚楚动人，已到了谈婚论嫁的年纪。他从早到晚都在切木板、刨木板。然后，有一天，他发现女儿身边多了一个"男客人"（nokenyo），可怜的木匠差点失去理智。他不喜欢外国人，疯了般跑去问妻子，尽管她也不明白他到底要问什么。她看着他，像看着傻瓜。他决定亲自与罗珍对质，要她讲出实情。就这样，他才第一次了解到，罗珍和住在同一条巷子里的库尔特相爱了，库尔特是个好孩子。她爱他。仅此而已。

用餐时，木匠对妻子说，唯一的解决办法是结婚。只有这个"男客人"与罗珍结婚，他才安心。罗珍俏皮迷人地把这个消息转告给库尔特，库尔特微笑着点点头，说："那好吧。"

…………

艾尔莎俨然成了布罗伊德家一员。就连梅尔克·布罗伊德拉比，也像对待妹妹一样同她讲话。小门德尔笑着把双手伸入她的金发；布罗伊德太太马尔凯尔则给她讲了很多波兰小镇的家和家里父母的事情。经学院的学生们公然用意第绪语与她交谈，把她当作这个家里的小姑娘。卡伊姆克喜欢和她在一起，总是自然而然地叫她，"艾尔莎，艾尔莎……"。

卡伊姆克是经学院的年轻学生，看上去仿佛刚刚摆脱母亲控制似的，实际上已24岁了。这位青年男子衣冠楚楚，温文尔雅。他一出现，艾依莎就会脸红，因为她觉得卡伊姆克有心事。

…………

库尔特提着一篮水果来看望父母，还为他们每个人准备了一份特殊的礼物。他不缺钱。当看到他们喜欢这些礼物时，库尔特决定告诉他们，他们需要为他的婚礼做些准备了。

"什么意思？"三人都惊呼。

"我认识了一个姑娘，叫罗珍，中国人。我们要结婚了。"

罗伯特伤透了心。他铁了心不同意这门婚事，库尔特必须娶欧洲姑娘。情急之下，他的痛苦化作咳嗽，脸红得犹如浸在血中一样，一句话都说不出来。

"你真丢人，库尔特，"艾尔莎责备她的哥哥，"你要为自己不娶犹太姑娘感到羞耻。娶外邦人为妻是一种罪。你永远不会离开地狱。"

父亲和母亲都用奇怪的眼神打量艾尔莎，仿佛她有点神志不清，一下变得让他们有点认不出了。库尔特离开房间，砰的一声关上门。父亲罗伯特惊呼："糟透了！"［*furchtbar*］

母亲格雷特也附和道："糟透了！"

…………

梅尔克·布罗伊德与妻子马尔凯尔闲谈，对她说，要是把艾尔莎从德国人那里带走，嫁给他们这儿一个男孩，将是一桩美事。马尔凯尔认为这个主意不赖，她总觉得艾尔莎很孤独。

经学院学生中有些男子，出于对研读《托拉》的热爱，一直独身未娶，成了年长的犹太人。然而，卡伊姆克属于年轻一代，才24岁，也是年轻人中最优雅的。他喜欢穿得漂漂亮亮。如果必须是经学院的学生，姑娘们的父亲肯定希望未来女婿的年纪不要太大，像卡伊姆克这样就很好。卡伊姆克在犹太人圈子中小有名气，马尔凯尔曾经跟他开玩笑："卡伊姆克，你会选哪个姑娘？”

“跟你说实话，马尔凯尔，”卡伊姆克低声说，“她们当中我最喜欢艾尔莎。是的，马尔凯尔，艾尔莎俘获了我的心。”

马尔凯尔对此想了很久，然后告诉了她的丈夫。梅尔克·布罗伊德非常喜欢这个主意，打算极力撮合。

“我想你应该和她父亲谈谈。”马尔凯尔对卡伊姆克说。

“我不认识他。”

“但他知道你。”

“如果是这样的话，我想，你应该和艾尔莎谈谈。”

马尔凯尔用双手握住艾尔莎，把她揽入怀中，表达了对她的欢迎。

“怎么了？马尔凯尔。”艾尔莎焦急地问。

“卡伊姆克做你的未婚夫，怎么样啊？”

艾尔莎的脸庞一阵白一阵红，热泪盈眶。她把金发的头靠在马尔凯尔的肩上，痛哭了一场。刹那间涌现出那么多幸福。

梅尔克·布罗伊德当天拜访了艾尔莎的父母。做好事不能拖。罗伯特立即认出了艾尔莎的“拉比”。他拉近一把椅子，大声说道：“请坐。”

布罗伊德拉比放慢语速与罗伯特讲话，方便罗伯特听懂他的意第绪语。“有个非常好的男孩，来自一个很好的犹太家庭。我们也很了解艾尔莎。我和妻子都深信，这桩婚事门当户对。”对布罗伊德来说，要确保艾尔莎的父亲理解他的意第绪语，并理解透，很难。

“斯坦因先生，”梅尔克·布罗伊德接着说，“作为一个虔诚的犹太人，我想要告诉您，就犹太人目前的状况来说，应该有更多的婚礼……不是吗？"

布罗伊德和他的谈吐给艾尔莎父亲留下了好印象。

"但是，布罗伊德先生，"罗伯特·斯坦因问，"这个年轻人从事什么职业？"

"他在经学院。"布罗伊德简单答道。

"什么！是经学院学生？"

"是的。"

"拉比先生，您认为我的艾尔莎会同意吗？您了解艾尔莎。"

"当然，"布罗伊德回答，"我的妻子已经同她谈过了。"

"我明白了。"罗伯特点点头。他的语气很快缓和下来，但又接着说道："拉比先生，一场婚礼开支很大。"

"此事不必担心。"布罗伊德安慰他。

事实上，罗伯特常听说经学院学生是富家子弟。

"他叫什么名字？"

"卡伊姆克，卡伊姆克·古特曼。斯坦因先生，请您今晚到我家亲自见见卡伊姆克，然后我们继续谈。"

布罗伊德离开之后，罗伯特神情恍惚：艾尔莎和经学院的学生……

"格雷特，你怎么看？"

"你呢？"她反问。

晚上，罗伯特·斯坦因去了布罗伊德家。这是他来上海后，第一次应邀拜访他人。餐桌上铺了白色桌布，上面摆放着装有水果和各式美味的餐具。这些都是为了表达对他的敬意。罗伯特的胡须看上去柔软了，显得更加多愁善感。他一眼就喜欢上卡伊姆克，小伙子棒极了。

"你是拉比吗？"罗伯特·斯坦因问卡伊姆克。

"迟早的事。"布罗伊德急忙插话。

"艾尔莎怎么说？她在哪儿？她几乎总是在这和你在一起！"

艾尔莎像个成年女士那样走到父亲身旁，她明白决定她命运的时刻到了。

"爸爸，"艾尔莎说，"你同意吧，是的，是的。"

布罗伊德一家和卡伊姆克一听到这个，立即和善地笑了。艾尔莎也笑了，即使她的面庞又是一阵白一阵红。

艾尔莎的父亲罗伯特·斯坦因同卡伊姆克握了握手。罗伯特看起来就像在天堂。布罗伊德往酒杯中斟满威士忌，他们为生命干杯，祝福彼此好运。

············

除了在岳父家的门框上放置一个经文盒［*mezuzah*，里面放置着写有经文的羊皮卷的一个容器］，卡伊姆克还确保艾尔莎与她的父母中午能吃上符合犹太教法规的像样的饭菜。他安排他们在信教犹太人的厨房就餐，那里的食物既洁净又美味。此外，就餐者一落座，侍者就会端来装满食物的盘子。

"太棒了！"［*fabelhaft*］罗伯特和格雷特赞道。他们惊喜交加，说不出话，不知道是该感谢卡伊姆克还是感谢这些人，他们不想让任何人失望。罗伯特和格雷特意识到艾尔莎的新郎是个重要人物。他们不是常听说经学院学生都是有钱人吗？

罗伯特现在被经学院的人和众拉比视为体面人。大家都热情地同他打招呼"早上好",有人甚至叫他罗伯特拉夫。[1]

···········

婚礼如同从前波兰小镇上最富有的犹太人举办的婚礼一样。有布罗伊德夫妇的牵头,所有拉比的妻子和经学院学生的妻子都参加了。来了几百人,难民拉比们以及全体经学院学生,老老少少,将犹太会堂里的婚礼华盖团团围住。新郎做了布道,艾尔莎的父亲看着他就像看着魔术师一般,根本无法理解他变出来的戏法。让他尤其吃惊的是舞蹈,一圈接一圈,那么快,那么狂野,每个人都在唱歌。他们将这个德国人围在一个圈中,他是新娘的父亲嘛,迫使他跳舞,尽管他跳得像根木头。他脸色泛红,额头流下汗水,映得面庞闪闪发亮。

艾尔莎的哥哥库尔特不请自来,他的父母和妹妹都没有给他发邀请。库尔特让他们感到羞辱和难堪。是旁人告诉了他婚礼的事。他一个人来了,喝第一杯威士忌时,他大声宣布:"新娘是我妹妹。"一听这话,立即有人抓住他,把他拉入一个舞蹈圈。新娘的哥哥可不能雕塑般站着,必须跳舞。库尔特转来转去,像个醉汉,踩到了旁人的脚,他们将他赶出圈子。他一出舞蹈圈就吐了。

···········

库尔特和罗珍来看望库尔特的父母。其实是罗珍拉库尔特来的。库尔特父母反对这门亲事,这让她饱受自己父母、

---

[1] "拉夫"(Rav,字面意思"伟大的")这里是对拉比的敬称。——中译注

邻居的羞辱，无法再忍受了。罗珍一直站在门口，不敢靠近库尔特的父亲。库尔特替她讲话。从她能听得懂的几个词和他的面部表情中，她知道他是在请求他们的仁慈和宽恕。如果她也请求，那也是默不出声的。她的泪水已经说明了一切。

"你为什么不问我?"父亲坚持说。

"我错了，请原谅我。"

"格雷特，你怎么说?"

"他当时向你解释了。"母亲为儿子辩护。

"好吧。让罗珍到桌子这边来。"

然而，突然间发生了一些事。罗伯特急忙催促库尔特和中国女孩立即离开房间。他几乎是把他们赶了出去。

"大约半小时后再来，再来。"

库尔特和罗珍不明就里。他们离开房间，去其他地方等候。透过窗户，罗伯特看到卡伊姆克和艾尔莎来看望父亲，艾尔莎的头发被蒙了起来［已婚妇女蒙发是犹太人的习俗］。罗伯特害怕这两对夫妇见面。

"欢迎卡伊姆克，欢迎艾尔莎。"罗伯特说。

我用这个故事结束这本选集是想表明，上海犹太难民尽管经历了重重磨难，生活依旧继续。《婚礼》选自菲什曼的故事集，他为故事集作的序日期为1947年。然而，这篇故事很可能写于更早的时候。这个故事非同寻常，所谈论的内容在当时的报刊文章和后来的学术文章中都没有讨论过。菲什曼显然比其他难民更加清楚中国人在上海的困境，他在上文《缩影》中也勾勒过这种困境。

在这篇故事中，中国人也在场，但他处理了更复杂的问题：流亡令父母的权威丧失，犹太人的同化彻底失败，以及年轻一代对更有意义的事业的追求。此外，菲什曼还提到了不同民族之间的关系，犹太人与中国人被迫挤在虹口小巷一起生活，他对弥合中国人和犹太人之间的鸿沟持相当悲观的态度。菲什曼指出了这些问题，但没有提出解决办法。这些问题被暗示得如此微妙，以至于读者很容易错过其中的含义。

故事一开始，父亲在孩子面前感到羞愧，就表明了家长权威的衰落。他的羞愧可以理解，因为作为坚强的父亲，他无法保护家人，阻止他们被流放。他无法发话，让家人不分离。先是儿子离开，拒绝搬入犹太人隔离区；接着是女儿，她偏偏在波兰犹太人中找到了温暖和关爱的避风港。罗伯特这位已经完全同化了的德国犹太人，再也无法在上海恢复，无法调整自己，去适应生活中已经改变的状况。

另一方面，年轻的库尔特和艾尔莎却在逆境中表现出非凡的适应能力。库尔特通过从事不同的商业活动，通过与中国姑娘谈恋爱找到了生活的意义。艾尔莎在温暖、热闹，可能还非常嘈杂的波兰拉比家庭中获得了满足。艾尔莎的父亲听说自己女儿要与一位经学院学生缔结姻缘，不禁大吃一惊，但后来看到这门亲事带来的好处，便很快妥协了。他再也不用拿着锅去救济难民的厨房了，那里发放的饭菜无法令人开胃。艾尔莎的未婚夫在好得多的环境中为他的姻亲安排了饭菜。

这对夫妇的婚礼是一桩盛事，由正统派犹太社区安排。库尔特和罗珍就没那么幸运了。罗珍的父母家徒四壁，不同意她交外国男友。艾尔莎也不同意哥哥娶异族姑娘。罗伯特则忧心忡忡，即使菲什曼没有明示，读者也想知道，罗伯特是否害怕一旦这位非犹太姑娘踏入家门，他就无法再享用像样的饭菜。在故事结尾，作者似乎指出，罗伯特无法克服自己的羞愧，而某些文化与宗教上的隔阂连婚姻和爱情也无法逾越，不仅在20世纪的30年代和40年代无法逾越，甚至在当今的国际社会仍无法逾越。

一对新人在摩西会堂（Ohel Moishe Synagogue）举行婚礼。

致　谢

　　我首先要感谢保罗·门德斯–弗洛尔（Paul Mendes-Flohr），他热情地支持我翻译一些被忽视和遗忘的上海作品的想法。不仅如此，他还阅读了本书初稿，就如何改进文本提出了许多有益的建议。是他说服我把梅莱赫·拉维奇的诗作收进这本集子。芭芭拉·约翰逊（Barbara Johnson）在访问耶路撒冷时，虽忙于自己的研究，但还是抽出时间阅读了整本书稿。我对她提出的评论问题和文体建议深表感激。我还要深深感谢傅佛果。他既热情又善于评论，并帮我纠正了意第绪语音译转写时的疏误，为此我要特别感谢他。

　　在翻译和努力寻找1945年后离开上海前往美国、澳大利亚和欧洲的各位作家的信息时，我从几个人那里得到了很多帮助。自项目伊始，艾利·约菲（Elli Joffe）就提醒我，如果我所翻译的诗歌在原文中是押韵的，我的译文也必须押韵。听从这个建议并不容易，但他是对的，我感谢他。我很感谢安妮的儿子彼得·维廷允许我复制她母亲的书信。在2006年9月8日的一封私人信函中，他讲述了2006年的"上海团圆"，并耐心解答了我的问题。沙洛姆·艾拉提（Shalom Eilati）不吝惜时间，用他对意第绪语的透彻了解帮助我理解一些复杂的诗句。我特别感谢艾拉提博士誊写了耶霍舒亚·拉波波特日记的部分内容，我无法辨认这部分内容的笔迹。此外，约尼·费茵诗歌的译文尤其得益于他敏感的解读。伊塔马·利夫尼（Itamar Livni）从以色列国家和大学图书馆中找到了难得的材料，他的帮助不可或缺。他精力充沛，助我找到了我原以为在以色列找不到的书籍和文章。

最后，对于琼·希尔（Joan Hill）不懈、娴熟的帮助，说任何感谢的话都不够。对于她无与伦比的计算机知识、书目调查工作，以及对这个项目的独特投入，我深表感谢。除了一些具体的引用，所有这些作者的传记信息都受益于她从诸多不同地方的搜寻查找之功。毫无疑问，本书的传记部分如果没有她的鼎力相助，是写不出来的。尽管我俩相距遥远（琼住在美国马萨诸塞州剑桥市），以及不可避免的邮件延期，她仍设法经常寄出我急需的材料。她的持续支持助我完成了翻译工作中比较困难的部分。

我要特别感谢哈佛大学威德纳（Widener）图书馆、犹太藏书分部，以及哈佛政府信息服务中心的研究馆员兰道夫·佩蒂洛斯（Randolph Petilos），他自始至终提供了巨大帮助和鼓励，对他一丝不苟和亟需的编辑建议，我深表感激。最后，我非常感谢迈克尔·科普洛（Michael Koplow）精湛的编辑，这份书稿从他那里受益匪浅。我感谢所有这些，并对仍然存在的任何缺陷承担全部责任。

人名译名对照表

A

Aleichem, Sholem，肖洛姆·阿莱汉姆

Alsberg, Mrs.，阿尔斯贝格夫人

Amberos, Berl，伯尔·安贝洛斯

Ashkenazi, Rabbi Meir，梅尔·阿什肯纳兹拉比

Aygla, Boris，鲍里斯·艾格拉

Aygla, Khava，夏娃·艾格拉

B

Beethoven, Ludwig van，贝多芬

Bergner, Zekharia Khone. *See* Ravitch, Meylekh，撒迦利亚·孔恩·伯
格纳，见梅勒赫·拉维奇

Blumenfeld, Diana，戴安娜·布鲁门菲尔德

Bomse, Nahum，那鸿·波姆斯

Brahn, C.，C.布兰

Buddha，佛陀

Burgheim, Rudolf，鲁道夫·布格海姆

C

Confucius，孔子

D

Dinezohn, Jacob，雅各·迪内森

Diogenes，第欧根尼

Döblin, Alfred，阿尔弗雷德·德布林

E

Eisfelder (family)，艾斯菲尔德（家族）

Elberg, Simkha. *See* Simkhoni, E. 西姆哈·埃尔伯格，见 E. 西姆霍尼

Elboym, Moyshe，摩西·埃尔波姆

Engelman，恩格尔曼

Epstein, J.，J. 爱泼斯坦

F

Fayn, Yoni (Fain, Yoni; Fein, Yoni)，约尼·费茵

Feuchtwanger, Lion，利昂·福希特万格

Fischer, Wolfgang，沃尔夫冈·菲舍尔

Fishman, Jacob H.，雅各·H. 菲什曼

Flohr, Lily，莉莉·弗洛尔

Fogel, Joshua，傅佛果

Friedlaender, Alfred，阿尔弗雷德·弗里德兰德

G

Ghoya, Kanoh，合屋叶

Goethe, Johann Wolfgang，约翰·沃尔夫冈·歌德

Goldfarb, Hermann，赫尔曼·戈德法布

H

Hardoon, Silas Aaron，塞拉斯·亚伦·哈同

Hayim, Rabbi，哈依姆拉比

Heydrich, Reinhard，莱因哈德·海德里希

Hirschensohn, Illy，伊利·赫申松

Hirshbein, Peretz，佩雷茨·希尔施拜因

Hitler, Adolf，阿道夫·希特勒

Hughes, Langston，兰斯顿·休斯

K

Kadoorie, Horace，贺理士·嘉道理

Kahan, Leyzer，雷泽尔·卡汉

Kahan, Lilke，利尔克·卡汉

Kahan, Rose Shoshana，萝丝·肖莎娜·卡汉

Kahan, Samuel，撒母耳·卡汉

Kano, M.，M·卡诺

Karfunkel, Leo，利奥·加方克

Klewing. *See* Lewin, Kurt　克勒文，见库尔特·莱温

Krebs, Adele，阿黛尔·克雷布斯

Krebs, Sigmund，西格蒙德·克雷布斯

Kubota, Tsutomu，久保田勤

Kushnir, Mrs.，库什尼尔夫人

L

M

P

Panivishki, Madam，帕尼维斯基夫人

Polo, Marco，马可·波罗

Pordes, Annemarie，安娜玛丽·波德斯

R

Rapoport, Yehoshua，耶霍舒亚·拉波波特

Ravitch, Meylekh (Bergner, Zekharia Khone; Rawitsch, Melech)，梅莱赫·拉维奇（撒迦利亚·孔恩·伯格纳；梅勒赫·拉维奇）

Rawitsch, Melech. *See* Ravitch, Meylekh，梅勒赫·拉威奇，见梅莱赫·拉维奇

Rivera, Diego，迭戈·里维拉

Romer, Tadeusz，塔德乌什·罗默

Rotenberg, Mordechai，末底改·罗滕贝格

S

Sassoon (family)，沙逊（家族）

Schiller, Friedrich，弗里德里希·席勒

Seywald, Wilfried，威尔弗里德·西瓦尔德

Shaw, G. B.，萧伯纳

Shen Yanping，沈雁冰

Siegel, Manuel，曼纽尔·西格尔

Siegelberg, Mark，马克·西格尔伯格

Silberberg, Bolek，博莱克·西尔伯贝格

Simkhoni, E. (Elberg, Simkha)，E. 西姆霍尼（西姆哈·埃尔伯格）

Slutzker, Miriam，米利暗·斯卢茨克

Slutzker, Yehuda Zelig，耶胡达·泽利格·斯卢茨克

Speelman, Michelle，米歇尔·斯皮尔曼

Steinman, Max，麦克斯·斯坦曼

Stern, Guy，盖伊·斯特恩

Strauss, Johann，约翰·施特劳斯

Strindberg, August，奥古斯特·斯特林堡

T

Tonn, W. Y. (Tonn, Willy)，唐维礼

Turkov, Jonas，乔纳斯·图尔科夫

V

Varro, Egon，埃贡·瓦罗

Vordtriede, Werner，沃纳·沃德特里德

W

Wakeman, Frederic, Jr.，魏斐德

Wasserstein, Bernard，华百纳

Wilhelm (family)，威廉（家族）

Wilhelm, Heinz，海因茨·威廉

Wilner, Ruth，露丝·威尔纳

Witting (family)，维廷（家族）

Witting, Annie F. (Witting, Anne Felicitas)，安妮·F. 维廷（安妮·费利
西塔斯·维廷）

Witting, H. P.，H. P. 维廷

Witting, Marion，马里恩·维廷

Witting, Peter，彼得·维廷

Wolff, Karl Heinz，卡尔·海因茨·沃尔夫

Y

Yu Dafu，郁达夫

Z

Zernik, Herbert，赫伯特·泽尼克

Zhou Shuren，周树人

Zunterstein (family)，祖恩特斯坦（家族）

Zwartendijk, Jan，杨·茨瓦滕迪克

附录：关于上海犹太难民的中文史料和回忆录

安娜·林肯：《逃往中国》，徐展农译，朱定校，北京：新世界出版社，1986年。

中国第二历史档案馆：《重庆国民政府安置逃亡犹太人计划筹议始末》，《民国档案》1993年第3期，第17—21页。

［奥］希夫作画，［奥］卡明斯基著文：《海上画梦录：一位外国画家笔下的旧上海》，钱定平编译，沈阳：辽宁教育出版社，1998年。［希夫（画家自取的中文名是"许福"）1930年来中国时并非难民。德文原书名为《绘画里的中国——弗利德里希·希夫画笔下的中国现代史》。］

中国第二历史档案馆：《中外慈善团体援助欧洲来沪犹太难民史料（一）》，文俊雄译，《民国档案》1999年第4期，第32—36页。

中国第二历史档案馆：《中外慈善团体援助欧洲来沪犹太难民史料（二）》，文俊雄译，《民国档案》2000年第1期，第36—43页。

中国第二历史档案馆：《中外慈善团体援助欧洲来沪犹太难

民史料（三）》，文俊雄译，《民国档案》2000年第2期，第15—
26页。

中国第二历史档案馆：《中外慈善团体援助欧洲来沪犹太难民
史料（续完）》，文俊雄译，《民国档案》2000年第3期，第14—19
页。[译者共辑录和翻译了中国第二历史档案馆所藏的40份文书。]

［美］维拉-施瓦克兹：《犹太人对上海经历的回忆》，金彩红编
译，《史林》2001年第2期，第95—103页。[此文基于作者对四位
上海犹太难民的采访，以密尔经学院为中心。]

［奥］卡明斯基著，希夫绘：《老上海浮世绘：奥地利画家希夫
画传》，王卫新译，上海：上海文艺出版社，2003年。[德文原书
名为《透过龙皮看——弗利德里希·希夫：来自三大洲的画家》。]

饶立华：《〈上海犹太纪事报〉研究》，北京：新华出版社，
2003年。[这篇博士论文翻译了1943年7月至1944年3月出版的
《上海犹太纪事报》（又称《上海犹太早报》）上的许多文章。]

袁志英：《〈黄报〉、施托菲尔和〈黄报〉中的日本观》，《德国
研究》2004年第3期，第53—60、79页。

［美］伊·贝蒂·格列宾希科夫：《我曾经叫莎拉》，李康勤译，
上海：汉语大词典出版社，2005年。

宋妍主编：《虹口记忆：1938—1945犹太难民的生活》，上海：
学林出版社，2005年。[历史图片集。]

许步曾：《寻访犹太人：犹太文化精英在上海》，上海：上海
社会科学院出版社，2007年。[书中有几篇文章发掘了犹太难民中
的文化精英的史料。]

［美］瑞娜·克拉斯诺：《永远的异乡客：战时上海的一个犹太

家庭》，王一凡译，上海：上海三联书店，2007年。[作者是1923年出生在上海的俄裔犹太人，书中对上海犹太难民有所记录。]

　　[美]瑞娜·克拉斯诺：《上海往事：1923—1949：犹太少女的中国岁月》，雷格译，北京：五洲传播出版社，2008年。

　　范劲：《上海犹太流亡杂志〈论坛〉中的文学文本与文化身份建构》，《上海师范大学学报（哲学社会科学版）》2008年第3期，第121—127页。[对上海犹太难民文学文本的分析。]

　　[德]施台凡·舒曼：《最后的避难地上海：索卡尔和杨珍珠的爱情故事》，李士勋译，北京：人民文学出版社，2010年。[一本包含历史照片的纪实采访。]

　　袁志英译：《何凤山发表在〈黄报〉上的佚文》，《文汇报》2011年8月27日。

　　[澳]山姆·莫辛斯基：《别了，上海：一个犹太少年的回忆》，余孝奇等译，上海：上海三联书店，2012年。[作者是1934年出生在上海的俄裔犹太人，书中对上海犹太难民有所记录。]

　　邢佳闻编译：《犹太难民的上海记忆》，《档案春秋》2013年第4期，第46—48页。

　　李茜：《战火中的精神家园——犹太流亡剧场在上海》，《比较文学与世界文学》2014年第1期，第155—165页。

　　[加拿大]薇薇安·珍妮特·卡普兰：《十个绿瓶子》，孔德芳、王雪译，南京：译林出版社，2014年。[作者1946年出生在上海，父母是维也纳犹太难民，此书是作者以其母亲口吻叙述的纪实文学。]

　　《犹太难民与上海》，第1—4辑（第1辑《海上方舟》，黄媛、李惟玮等编著；第2辑《情牵虹口》，冯金生等编著；第3辑《尘封往事》，罗震光等著；第4辑《上海记忆》，潘真著），上海：上海交通大学出版社，2015年。[这四册书包含很多历史图片。]

潘光主编，周国建、周晓霞副主编：《艰苦岁月的难忘记忆：来华犹太难民回忆录》，北京：时事出版社，2015年。

潘光主编，陈心仪、虞卫东、周国建副主编：《来华犹太难民资料档案精编，第1卷：文件报刊》，上海：上海交通大学出版社，2017年。

潘光主编，虞卫东、周国建、周晓霞副主编：《来华犹太难民资料档案精编，第2卷：亲历记忆》，上海：上海交通大学出版社，2017年。

全国政协文史和学习委员会编：《犹太人忆上海》，北京：中国文史出版社，2018年。[此书初版作为"上海文史资料选辑第七十八辑"于1995年出版，初版署名是"上海市政协文史资料委员会、上海犹太研究中心编；潘光、李培栋主编；张家哲、樊悟纪、施福康副主编"。]

[美]丽莲·威伦斯：《一个犹太人的上海记忆：1927—1952》，刘握宇译，北京：生活·读书·新知三联书店，2018年。[作者是俄裔犹太人而不是难民，但书里对犹太难民有所记录。]

[美]史蒂夫·霍克施塔特：《上海犹太难民记忆里的中国人》，徐鹤鸣译，载宋立宏主编：《犹太流散中的表征与认同：徐新教授从教40年纪念文集》，北京：社会科学文献出版社，2018年，第30—48页。[此文基于作者采访上海犹太难民获得的口述史料。]

汤亚汀：《上海犹太社区的音乐生活（1939—1949）》（修订

版),上海 : 上海音乐学院出版社,2019年。[对上海犹太难民音乐生活的详尽研究,包含许多原始资料。初版于2007年。]

张帆、徐冠群主编:《上海犹太流亡报刊文选》,北京 : 世界知识出版社,2019年。[从日报《上海犹太纪事报》、晚报《八点钟晚报》、周报《上海周报》、周刊《论坛》和半月刊《黄报》这五种德文犹太报刊上选译了142篇以上海为主题的诗歌和杂文。]

[德] 厄休拉·培根:《上海日记 : 犹太女孩二战来华避难纪实》,虞丽琦译,北京 : 新星出版社,2021年。

[美] W. 迈克尔·布卢门撒尔:《我的20世纪 : 历史的危难关头和美好时光》,刘蕾译,北京 : 中国人民大学出版社,2021年。

王韧:《患难·融合·共生 : 上海沦陷期的犹太难民画家群体》,《南京艺术学院学报(美术与设计)》2021年第1期,第51—57页。

王健主编:《档案中的上海犹太难民》,王健、罗婧等著,上海 : 上海交通大学出版社,2021年。[上海犹太难民纪念馆所藏部分实物的图片和解说。]

（宋立宏 编）